양아치가
죽었다

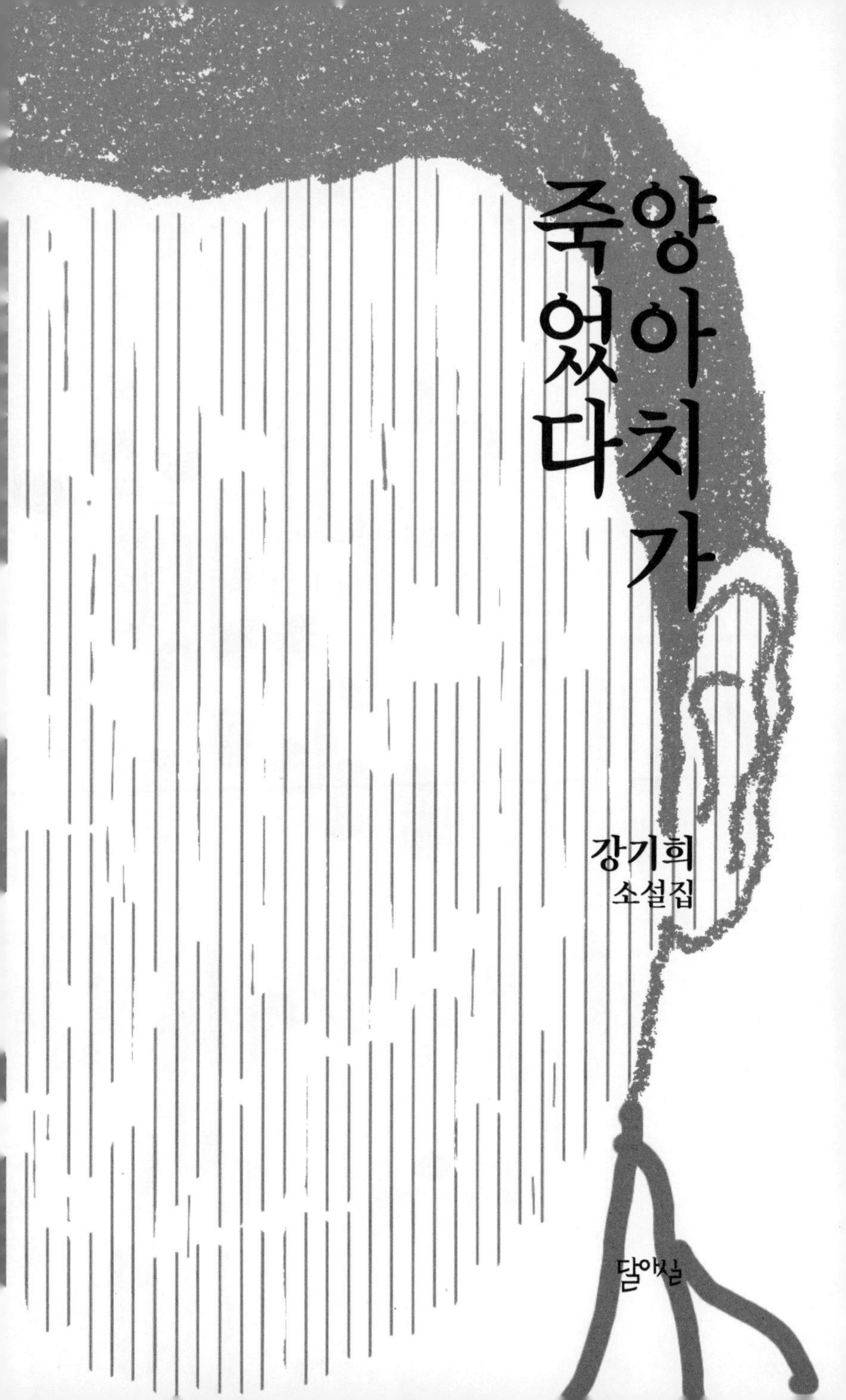

향아치가 죽었다

강기희
소설집

달아실

차례

북소리

북소리

먼 데서 북소리가 둥둥 울렸다. 봉기를 일으켜 강릉을 치겠다는 내용의 사발통문이 돈 지 엿새 만이었다. 북소리가 정선 고을에 울리자 사람들이 술렁거렸다. 고샅길에서 놀던 아이들은 재미있는 일이라도 생겼다는 듯 북소리가 나는 곳을 향해 달음박질을 했다. 북소리가 나기만을 기다렸던 어른들은 비장한 표정으로 각자의 무기와 식량을 챙겨 집을 나섰다. 언제 다시 돌아올지 기약도 없는 출행이었다. 여기저기에서 민란이 일어나면서 죽고 죽이는 게 일 삼아 벌어지던 시절이라 기다리라는 말도 돌아온다는 말도 할 수 없었다. 더구나 지난여름부터는 청군(淸軍)과 왜군(倭軍)이 조선 땅을 놓고 전쟁까지 벌이고 있는 중이라 눈물을 흩뿌리며 긴 인사를 나눌 여유도 없었다. 그런 사정을 아는 아낙들은 집 떠나는 남편들을 막아서지도 못한 채 그저 근심어린 눈으로 배웅할 뿐이었다.

"아무쪼록 무사히만 돌아오세요."

아낙들이 떠나는 남편을 향해 손을 흔들었지만 사내들은 뒤 한 번 돌아보지 않고 앞만 보고 걸었다.

"창수야, 옆집 아재도 떠나고 최 정승 댁 가노들도 다 떠났다. 그뿐이냐. 군수도 관아 이속들도 다 도망쳤어. 우리도 가자."

담 너머로 상황을 지켜보던 석태가 친구인 창수에게 말했다.

"좋지, 저 북소리가 우릴 부르고 있는데 안 갈 수 있나. 가자구!"

석태와 창수는 대청을 바라보며 누구든 들으라는 듯 목소리를 높였다. 둘은 이제 열네 살로 정선의 유 생원 집의 가노 신분이었다. 창수는 대대로 유 생원 집 노비로 살아왔고, 석태는 몇 해 전 정선민란 때 부모를 잃고 어린 나이에 유 생원의 가노가 되었다.

"사인여천을 실천할 때가 되었으니 오늘로서 우리의 종노릇도 끝이다!"

창수가 지게를 도끼로 내리치며 자신만의 노비해방을 선언했다.

"자, 노비에서 해방되고 싶은 이들은 우릴 따라오시오!"

석태가 집 안을 향해 소리를 크게 지르곤 헛간으로 갔다. 잠시 후 헛간을 나온 석태의 손엔 쌀자루와 총 한 자루가 들려 있었다.

"웬 총인가?"

창수가 눈을 동그랗게 뜨며 물었다.

"지난달 청군(清軍)이 왔을 때, 그 총이다."

그때만 해도 청군과 일군이 강원도 일대에서 한창 전쟁을 벌이고 있던 중이었다. 원주에 머물던 청군이 후퇴 도중 정선에서 하룻밤 묵었는데 다음 날 청군 장교의 총이 없어졌다. 청군이 그 총을 찾겠다며 정선 사람들을 모아놓고 쥐 잡듯 했지만 잃어버린 총은 나오지 않았다. 그런데 그 총을 석태가 가지고 있는 것이었다.

"하하, 그럼 네가 청군 놈의 총을 훔쳤단 말야?"

"훔치긴, 오늘 같은 날을 위해 미리 준빌 해둔 거지."

석태가 총 쏘는 시늉을 하며 말했다.

"잘했다. 근데 총은 쏠 줄 아는가?"

"그럼, 난 이 총으로 우릴 깔보는 놈들을 다 쏴 죽일 거여. 아버지가 못다 한 일을 내가 하겠다 이 말이여."

석태의 아비 욱천은 지난 1889년에 있었던 정선민란을 이끌었던 지도부였다. 동학인으로 삼정개혁과 신분해방을 부르짖으며 민란을 일으켰지만 실패하여 죽임을 당했다. 석태는 어릴 때부터 아비를 따라 정암사 적조암과 영월, 단양 등을 오가며 자연스럽게 동학인이 되었고, 아비와 같이 사람이 하늘처럼 대접받는 세상을 꿈꾸었다.

"석태야, 그 총 나 주라."

"총은 왜?"

"내가 먼저 죽일 놈이 있어 그런다."

창수의 말에 석태가 "누구?" 하고 물었다. 창수가 "왜놈!" 하곤 주먹을 불끈 쥐었다. 석태가 무슨 일인지 알겠다는 듯 고개를 끄덕이며 총을 창수에게 건네주었다. 한 달 전쯤 청군을 따라 정선을 지나던 왜군 중 한 놈이 창수 누이를 덮친 적 있었다. 그 일로 누이는 목을 맸고, 창수는 그때부터 왜놈이라면 이를 바득바득 갈았다. 창수가 총을 필요로 한다면 그 자를 찾아 죽이고 싶다는 뜻이었다. 총을 받아든 창수가 도끼를 집어 던지곤 헛간으로 달려갔다. 석태보다 덩치가 큰 창수는 덩치만큼이나 큰 쌀자루를 메고 나왔다.

"이 정도면 되겠지?"

"훌륭해. 자, 출발하자."

석태가 창수의 손을 잡아끌었다. 지름길을 달려 의풍정에 이르니 북소리가 더 크게 들려왔다. 그 소리는 마치 심장이 터질 듯 힘차고 강렬하여 석태와 창수의 몸이 절로 달아올랐다. 의풍정 앞 모래사장엔 인근 고을인 영월과 평창은 물론이고 제천이나 원주의 농민들까지 다 모여 있었다. 그 수가 3천 명을 넘겼으니 정선이 생긴 이래로 처음 있는 일이었다. 이들이 함성을 한 번 지를 때마다 정선이 들썩거릴 정도여서 주변엔 구경하는 이들 또한 적지 않았다.

석태와 창수는 또래의 친구들과 함께 동몽군(童蒙軍)이 되어 정선 사람 지왈길이 지휘하는 부대 아래로 편성되었다. 지왈길 역시 동학인으로 동학에 입도한 시기가 석태의 아비 욱천과 비슷했다. 한때 욱천과 지왈길은 해월신사를 모시고 강원도와 충청도 일대를 돌며 포덕에 나섰던 터라 지왈길이 석태에겐 아비와 같은 존재였다.

“다들 들어서 아시겠지만 지난봄 전라도 지역에서 일으킨 농민봉기가 전주화약을 맺은 이후로 답보상태에 빠져 있습니다. 그 틈을 타 청군과 일군이 이 조선 땅에서 전쟁을 벌이고 있습니다. 이 땅이 누구의 땅입니까? 청국입니까? 왜국입니까? 이 땅은 선조로부터 수천 년 지켜온 우리 조선의 땅입니다. 그러하면 조선의 주인은 누구입니까? 임금도 아니고 정승 판서도 아니고 양반은 더더욱 아닌 것이며 바로 우리 농민들이 주인인 것입니다. 우리가 주인 노릇을 제대로 하지 못하니 외세가 판을 치는 것도 부족해 조선을 마치 저들 먹이인 양 서로 집어 삼키려고 우리의 마당에서 싸움질을 하고 있습니다. 이제 우리가 분연히 떨쳐 일어나 저들을 물리치고 썩어빠진 조선을 갈아엎어야 하겠습니다. 자, 농민봉기군들이여! 이미 영월과 평창 그리고 정선 또한 우리의 손에 넘어왔습니다. 우리 모두 깃발을 높이 들고 왜군들이 지키고 있는 강릉을 치러 갑시다!”

정선 동학 접주이자 농민 지도자 지왈길이 의풍정에 올라 우렁찬 소리로 말했다. 남접인 전라도 지역의 동학봉기에 자극받은 북접 동학의 첫 봉기가 정선을 중심으로 일어난 것은 지왈길의 공이었다. 그는 일찍이 신미년에 일어난 영해동학민란이 실패한 후 무너져 내린 동학을 정선에서 일으켜 세웠고, 그 일에 앞장섰던 정선의 동학인으로서 변혁의 시대에 침묵하는 것은 역사에 대한 죄라고 생각했다. 하여 주변 고을의 농민들과 연합하여 농민봉기를 일으킨 것이었다.

정선을 빠져나간 동학농민군이 긴 줄을 만들며 강릉으로 향했다. 선두는 지왈길이 맡았다. 갑오년 9월 3일이었고, 시각은 막 사시(巳時)에 접어들고 있었다.

“석태야, 먼 길이니 몸조심하며 따라오거라.”

지왈길 접주가 석태의 등을 감싸 안으며 말했다.

“걱정 마세요. 전엔 아버지와 인제까지 갔었던 걸요.”

“허허, 맞다. 느이 아버지와 동경대전을 옮기느라 인제에도 갔었지.”

지왈길 접주가 호탕한 웃음을 지으며 말했다. 사실 석태는 어릴 적부터 걷는 일엔 이골이 났다. 아비와 함께 지낼 때엔 길에서 보낸 날이 더 많았다. 관아에 체포된 동학인들을 위해 속전을 마련하러 길을 떠나거나 49일 수련을 하러 정암사 적조암을 오갈 때나 대선사 최제우의 부인인 박씨 부인이 정선에 머물 때 그 수발 또한 아비와 아비에게 동학을 전수받은 연비들이 했다. 그 일을 석태도 함께했으니 걷는 데 이골이 날 수밖에 없었다.

동학농민군은 강릉으로 가는 길목에 있는 역(驛)과 원(院), 점(店)에 들러 포총과 창과 칼, 미투리 등을 징발하였고, 식량창고를 열어 군량도 충분히 확보했다. 백두대간을 넘어 구산역(驛)에 이른 농민군은 그곳에서 하룻밤을 머물며 강릉관아를 칠 작전을 짰다. 다음 날 새벽 행동을 가장 먼저 개시한 부대는 석태가 이끌고 있는 동몽군(童蒙軍)이었다. 그들은 두 패로 나뉘어 움직였는데, 석태가 속해 있는 패는 강릉관아를 염탐하는 역할을, 창수가 속해 있는 패는 척후와 농민군을 안내할 길잡이 역할을 각각 맡았다.

창수 패는 상황을 파악하기 위해 강릉 일대로 퍼졌다. 농민군이 온다는 소식을 듣고 관군이 매복이라도 섰다면 그에 따른 대책을 세워야 하기 때문이었다. 하지만 농민군이 머물고 있는 구산역에서 강릉관아까지 이르는 길에 관군이나 왜군의 매복 흔적은 보이지 않았다. 이 정도 상황이라면 한 시진도 걸리지 않아 강릉관아에 이를 것 같았다.

강릉관아에 도착한 석태 패는 빗자루 하나씩을 들고 관노인 척 변복하여 관아 안으로 들어갔다. 이들은 빗자루질을 하면서 관아 곳곳을 염탐했다. 이른 아침의 강릉관아는 평소와 다름없이 조용했다. 주방에서 음식을 만드는 주자들의 움직임도 느슨했고, 객사에 머물고 있는 자들을 수발하는 관노들도 어치렁어치렁 걷고 있어 통 긴장감이라고는 찾아볼 수 없었다. 아마도 강릉관아에선 대간을 넘은 농민군이 저들의 턱 밑까지 당도해 있다는 사실을 모르고 있는 듯했다. 관아에 머물고 있는 왜군도 소문과는 달리 이십여 명이 전부였다. 석태는 강릉관아가 평소와 다름없는 일상을 보내고 있다는 내용과 관아에 상주하고 있는 군졸의 수를 적어 동몽 편으로 창수에게 보냈다.

석태의 연락을 받은 창수는 곧장 농민군 지휘부로 달려갔다. 보고를 받은 지왈길을 비롯한 지휘부는 대책을 숙의하고는 곧장 출전을 명했다. 구산역을 떠난 농민군은 동학 수련법인 13자 주문 '시천주 조화정 영세불망 만사지'를 반복하며 강릉관아로 내처 달렸다.

그 시각 관아 요소요소에 숨어 있던 동몽군들은 농민군을 맞이하기 위해 관아의 모든 문을 열어 두었다. 그들은 청소를 핑계로 농민군이 당도할 때까지 빗자루질을 하며 시간을 보냈다. 그렇게 반 시진이 흐르자 농민군이 함성을 지르며 강릉관아로 물밀듯 밀고 들어왔다. 그때를 틈타 석태와 동몽군은 무기고를 습격하여 안에 들어 있던 무기들을 별당으로 옮겼다. 왜군과 관군이 날벼락이라도 맞은 듯 허둥대며 무기고로 달려왔지만 무기고는 텅 빈 후였다.

동몽군의 활약으로 농민군은 별다른 저항도 받지 않고 강릉관아를 접수할 수 있었다. 농민군은 급한 대로 강릉부사를 비롯한 관군과 왜군은 관아 옥에 가두고 관노들은 그대로 두었다. 농민군은 수비대에게 관아 수비를 맡긴 후 동헌 옆에 있는 의운루 앞마당에 모였다.

"정선과 영월, 평창에 이어 드디어 강릉도 우리의 손에 넘어왔습니다. 이제 우리는 강릉을 거점으로 삼아 강원도 감영이 있는 원주를 지나 한양까지 진격하여 모두가 평등한 세상, 사람이 하늘처럼 대접받는 시천주 세상을 만들 것입니다. 그리하여 우리는 마침내 외세가 발붙일 수 없는 강한 나라를 건설하여 후손에게 물려줄 것입니다. 그 일만이 우리가 살 길이고 해야 할 일이며 우리가 가야 할 길임을 잊지 마시길 당부 드립니다. 모두들 애쓰셨습니다."

동학농민군 지도자 지왈길이 조금은 떨리는 음성으로 농민군을 향해 말했다. 그러자 농민군 3천 명이 일제히 13자 주문을 외며 무기를 높이 쳐들었다. 잠시 후 동헌에 모인 농민군 지휘부는 강릉관아에 강릉을 통치할 집강소를 설치한 후 평창 사람 이득경을 집강으로 임명하고 행정을 보좌하는 서기와 치안을 담당하는 성찰, 행정을 관리하는 집사 등을 임명했다. 석태와 창수는 동몽군으로 남아 부대 간 오고가는 전령 임무나 성찰의 보조 임무를 맡았다.

"야, 석태야. 너도 총 한 자루 챙겼네?"

창수가 석태에게 받은 총을 번쩍 들며 소리쳤다.

"나도 죽일 놈들이 많거든!"

둘은 자신들이 맡았던 역할을 충실하게 수행한 게 자랑스러운 듯 얼싸안았다. 그러곤 동헌 앞으로 가 강릉에서의 첫 임무를 부여받았다. 둘에게 떨어진 첫 임무는 동몽군을 이끌고 농민군이 발표한 격문과 방문을 강릉 일대에 붙이는 거였다. 격문엔 동학농민군이 강릉을 점령하였으며 앞으로 강릉의 통치는 농민군이 직접 할 것이니 하던 일손을 놓지 말라는 당부가 들었고, 방문엔 '우리 동학농민군은 강릉부에서 실시되었던 삼정(전정田政·군정軍政·환정還政)의 폐막을 고치고 보국안민 한다'라고 적혀 있었다. 그것은 폐단이 심했던 환곡제도를 폐지함과 동시에 사적으로 이루어지는 고리채까지 무효화하는 일이어서 농민 입장에서 보면 그보다 큰 혁명은 없었다.

석태와 창수를 비롯한 동몽군은 북을 치며 관아 동문에 격문과 방문을 붙이는 것을 시작으로 강릉 일대에 동학농민군이 강릉부를 점령하고 농민통치가 이루어지고 있다는 사실을 알렸다. 격문과 방문이 붙자 그것을 읽은 강릉 사람들이 농민군이 되기 위해 구름처럼 관아로 몰려들었다. 농민군 지휘부는 급히 부대를 편성하여 각 막과 역에 분산하여 배치하고 무기와 식량을 지원했다.

그로부터 며칠간 집강소 근무자들은 눈코 뜰 새 없는 시간을 보냈다. 삼정을 개혁하는 것은 물론이고 토호들을 잡아들여 토지와 재산, 전답문서를 빼앗고 노비 문서를 불태워 버렸다. 그와 함께 강릉부 관리들의 부정한 사실을 찾아내야 했으며, 억울하게 당한 농민들의 송사를 바로잡아 주었다. 그 무렵 석태와 창수는 성찰과 함께 강릉의 치안을 담당하는 것과 동시에 부정부패를 저지른 관리들을 잡아들이는 일에 매진하였다. 그들은 처음엔 큰소리로 당당함을 주장하다가 근거를 들이밀면 살려달라며 바짓가랑이를 잡아 당겼다. 석태와 창수는 그런 모습이 재미있기도 했지만 한편으로는 사람이 저렇게 변할 수도 있나 하여 씁쓸한 생각이 들기도 했다.

며칠 사이 양반입네 거들먹거리던 사람들은 거리로 나올 수도 없는 상황이 이어지면서 노비나 농민들에게 맞아 죽는 토호나 양반들도 여기저기에서 생겨났다. 반상의 계급이 엄격하게 유지되었던 조선의 역사에서는 도무지 있을 수 없는 일들이 곳곳에서 벌어지자 당혹스러운 건 지역을 중심으로 대대손손 살아왔던 몇몇 가문이었다. 시대의 흐름에 따라 여기에 붙었다 저기에 붙었다 하며 권력과 부를 축적했던 그들이지만, 노비가 주인을 욕보이는 세상만큼은 용납할 수 없었다. 하지만 당장 눈앞에 닥친 현실을 타개하기란 쉽지 않았다. 그렇다고 이런 상황을 지켜볼 수만은 없었다. 그들은 서로 연통을 주고받으며 논의를 한 끝에 농민통치가 사흘째 이어지던 밤 경포호수가 바라보이는 정자에서 비밀리에 회합을 갖기로 했다.

상현달이 은은하게 경포호수를 비추고 있는 시간, 허름한 차림으로 변복을 한 이들이 칼을 찬 호위군을 대동하고 정자로 속속 모여들었다. 이날 모인 이들은 모두 일곱이고 호위군들은 정자를 중심으로 빙 둘러서서 출입자를 막았다. 농민군의 눈치 때문에 오지 못한 이들은 회합의 결과에 따르겠다는 통지를 미리 보낸 터라 회합은 곧 시작되었다.

"이보시오들, 우리가 어쩌다가 이런 꼴이 되었단 말이오. 이거야 원, 선조님 얼굴 뵙기가 민망할 지경입니다."

강릉의 최대 가문이며 한때 이조참판을 지냈던 이 참판이 참담한 표정을 감추며 애써 말문을 열었다.

"누가 아니랍니까. 아무리 세상이 변한다 해도 이럴 수는 없는 겁니다. 전봉준인지 뭔지 하는 놈이 이끄는 도적떼가 삼남지방을 휩쓸고 지나가면서 양반들을 개 잡듯 한다는 소문은 들었어도 유림의 땅이라 자부하는 강릉에서 이런 사달이 벌어질 줄은 꿈에도 몰랐습니다. 저 도적놈들이 우리의 버팀목인 유향소까지 혁파했다지 뭡니까. 나 원, 세상천지에 저런 불한당 같은 놈들이 또 있을까……."

강릉 유향소의 좌수를 지냈던 심 좌수가 고개를 설레설레 흔들며 말했다. 다들 심 좌수와 같은 생각인지 고개를 끄덕이며 그의 뜻에 동조를 했다.

"일이 이렇게 되었는데 어쩌면 좋겠습니까? 이 난관을 어떻게든 헤쳐 나가야 하지 않겠습니까?"

이 참판이 답답하다는 듯 좌중을 둘러보며 말했다.

"왜군을 급히 청하면 어떨까 싶소이다."

한 참석자의 말에 심 좌수가 "왜군은 지금 청군이 주둔하고 있는 평양성으로 가고 있다지 않소이까. 전쟁 중인데 회군을 할 수 있겠소이까?" 하고 물었다.

"왜군이 남아 있는 원주 감영과 춘천부에 연락을 취하면 오지 않겠소이까. 그들의 총은 성능이 벼락같아 농민군의 총과는 비교도 할 수 없으니 중대 병력만 내려와도 농민군을 충분히 몰아낼 수 있을 거라 생각되오만……"

"왜군이 그냥이야 움직이겠습니까."

"그럼 우리가 저 도적떼를 물리치는 비용을 지불하면 되지 않겠소이까. 왜군이 조선에 원족을 온 것도 아니고 도적떼를 물리쳐 달라는 청이야말로 저들이 기다리는 일이지 않겠소이까."

"좋은 말씀입니다. 그러나 왜군도 좋지만 우리 스스로가 우리의 생명과 재산을 지킬 수 있는 민보단을 조직하는 건 어떻겠소. 각 가문엔 적지만 사병도 있고 우리를 도우려는 세력도 충분하게 있으니 말입니다. 때마침 강릉엔 임오군란 때 쫓겨난 군인과 왜국 상인들로 구성된 사무라이 패도 있고 하니 돈만 있으면 저들을 고용할 수 있을 것이라 생각되는데 다들 어떠십니까?"

"이왕 말씀이 나왔으니 왜군이든 민보단이든 가리지 말고 실행하여 조선의 질서를 어지럽히는 저 도적떼를 당장 요절을 냅시다."

"그럽시다. 우리가 살아야 훗날을 기약할 것이니 그깟 돈이 문제가 되겠소이까. 내 십만 냥을 군자금으로 내리다."

차분하게 시작한 회합자리가 점차 격해지더니 결국 농민군을 몰아내자는 것으로 의견이 모아졌다. 농민군 통치하에서는 단 하루도 견디지 못하겠다는 그들은 즉각 민보단을 조직하는 것과 아울러 왜군을 불러들이자는 데 합의를 하곤 서둘러 귀가길에 올랐다.

농민통치 나흘째 아침이 밝았다. 조반을 막 끝낸 시간, 난데없이 쌀을 실은 수레가 강릉관아를 향해 줄을 지어 들어왔다. 그 뒤로는 소 여섯 마리와 구식 총이지만 총도 백여 자루나 실린 수레가 따라와 집강소 근무자들은 아침부터 무슨 일인가 싶었다. 그렇다고 해서 식량과 무기가 온다는 보고나 사전 연락도 없었다. 석태가 급히 동문 앞으로 나가니 강릉에서 큰 가문을 이루고 있는 이 참판 댁 집사가 집강에게 전하라며 서신 한 통을 내밀고는 슬그머니 돌아갔다.

우리 강릉의 유림들은 동학농민군의 강릉 입성을 환영하며 세상을 바르게 잡겠다는 농민통치 또한 기쁘게 받아들이고 있습니다. 우리의 뜻을 모아 총과 쌀 그리고 소를 보내 드리니 부디 농민군이 뜻하는 바를 이루는 일에 조금이나마 보탬이 되길 소망합니다.

이 참판이 보낸 서신을 읽은 동학농민군 지휘부는 이 상황을 어떻게 정리해야 할지에 대해 의견이 분분했다. 토호들과 결탁해서는 아니 되니 식량과 총을 돌려보내자는 주장이 있는 반면 어차피 토호들에게 군량을 거두어들여야 하는 판에 자진해서 보내는 것을 받는 게 무슨 문제가 되느냐 라고 말하는 이도 있었다. 지왈길은 자신이 이 참판을 직접 만나보고 결정하겠다며 상황을 진정시킨 후, 석태를 비롯한 호위군을 대동하고 이 참판 댁으로 갔다.

"나라의 녹을 먹던 늙은이들의 청이니 기꺼이 받아들이시는 게 서로 좋을 듯합니다. 세상을 바꾸는 일에 우리도 뭔가 도움이 되는 일을 해야 훗날 후손들 보기에 떳떳하지 않겠습니까."

이 참판의 말에 지왈길은 고개를 끄덕였다. 그러곤 이 참판의 말이 지당한 데다 하나도 틀림이 없음을 상찬하고 감사의 인사를 올렸다.

"참판께서 인민과 나라를 위하시는 마음이 이리 크신 줄을 미처 헤아리지 못했습니다. 보내주신 군량과 무기를 흔쾌한 마음으로 받겠습니다."

관아로 돌아온 지왈길은 이 참판이 보낸 군량과 무기를 받아 농민군을 위해 쓰라고 명을 내렸다. 그렇게 하루가 지나고 농민통치 닷새째가 되던 날은 아침부터 비가 부슬부슬 내렸다. 따뜻한 해풍이 부는 강릉이라곤 하나 비가 내리자 바람이 불며 기온마저 뚝 떨어졌다. 미시(未時)가 지나자 비는 더욱 거칠게 쏟아졌다. 각처에 머물고 있던 농민군들은 내리는 비를 바라볼 뿐 훈련을 하거나 장작을 패는 일조차 하지 못했다. 석태와 창수 또한 밖으로 나가기보다는 관아에서 밀린 일을 처리하며 하루를 보냈다. 저녁 무렵 농민군 막사에 나가 있는 어린 동몽군이 보고할 것이 있다며 석태를 찾아왔다.

"대장, 강릉 출신 농민군들이 하나둘 군영을 떠나고 있습니다."

"무슨 일로?"

"비설거지하러 집에 간다고 하는데 어떡하면 좋겠습니까?"

석태는 "그래?" 하며 고개를 끄덕이곤 뭔가 이상한 느낌이 들어 곧장 지왈길에게로 달려갔다. 석태로부터 보고를 받은 지왈길은 비에 젖은 강릉을 바라보았다. 곧 싹쓸바람이라도 올 것 같은 하늘에선 밤톨만 한 비가 후둑후둑 들었다. 고랑에 물이 넘친 지도 오래되었으니 수확을 앞둔 농민이라면 누구라도 뛰어가야 할 상황인 것만은 분명했다.

'농민이 농사가 걱정이 되어 집으로 돌아가는데 무슨 명목으로 저들의 귀가를 막을 수 있단 말인가.'

지왈길은 중얼거리며 답을 기다리는 석태에게 "비가 그치면 다들 돌아올 것이니 근심하지 말거라"라고 말했다.

어둠이 내려도 비는 그칠 줄 몰랐고, 병풍처럼 서 있던 대관령은 어둠에 잠겨 보이지도 않았다. 술시(戌時)에 이르자 돌개바람이 부는가 싶더니 때 아닌 천둥과 번개까지 쳤다. 날씨가 험악해지자 농민군은 주변 경계를 서는 것도 잊고 하나둘 비를 피해 막사 안으로 들어갔으며, 관아 또한 수비병을 제외하곤 일찍 잠자리에 들었다.

자정이 넘은 시간 강릉 남대천변에 모여 있던 수백의 군사가 강둑을 넘어 강릉관아로 잰걸음을 놓았다.

"자자, 서두르자고."

군사를 이끄는 자들은 강릉관아의 이서배들이었다. 그들은 낮엔 농민군에 호응하는 척 집강소 업무를 도왔으나 밤이 되면 이 참판이나 지역의 토반(土班)들을 만나 농민군을 칠 계획을 세웠다. 그들은 또 민보단을 조직하라는 이 참판의 명을 받자마자 사람들을 급히 모았으며 돈을 풀어 농민군을 빼내는 일도 무리 없이 진행했다.

비만 오지 않았어도 농민군을 칠 계획을 이렇게 앞당기지는 않았을 것이었다. 퍼부어 주는 비가 고마워 이서배들은 하늘에 대고 절이라도 하고 싶은 심정이었다. 오늘 밤 어떻게든 농민군만 물리치면 남는 구전(口錢)이 곱절은 될 것이기 때문이었다.

강릉읍성에 도착한 이서배들은 강릉관아 남문과 동문을 왜국 상인들로 구성된 사무라이패에게 맡겼다. 북문과 서문에는 구식 군대 출신과 날랜 자들을 배치했고 나머지는 이서배들이 직접 인솔해 읍성을 넘었다. 관아에 있는 농민군의 배치와 근무 상황을 누구보다 잘 알고 있는 이서배들인지라 어둠 속에서도 목표 지점을 정확히 찾아냈다. 축시(丑時)가 되자 불화살이 하늘로 날았고 민보단은 일제히 함성을 지르며 농민군을 치고 들어갔다. 민보단의 습격을 받은 농민군은 대항할 틈도 없이 순식간에 수십의 사상자를 내곤 구산역으로 후퇴했다. 구산역에서 대열을 정비한 농민군은 쉴 틈도 없이 대간을 넘어 평창과 정선 방면으로 흩어졌다. 석태와 창수는 지왈길을 따라 정선 방면으로 길을 잡았고, 정선으로 향한 농민군의 수는 2천 명이 조금 넘었다.

"석태야, 힘들면 조금 쉬었다 가자."

창수가 석태의 허리를 감으며 말했다. 간밤 후퇴하던 중 누군가의 몽둥이로 등짝을 맞은 게 걷는 데 있어 여간 불편한 게 아니었다. 석태가 고개를 저으며 "그놈 죽었을까?" 하고 물었다. 간밤 석태는 자신을 향해 달려드는 사내를 향해 총을 쏘았고 상대는 비명을 지르며 쓰러졌다. 달려들 때 하는 말로 보아 왜국 놈이 분명했다.

창수가 "죽었겠지 뭐" 하곤 "이럴 줄 알았으면 옥에 있던 왜놈이라도 몇 놈 죽이는 건데……"라며 한숨을 폭 내쉬었다.

"누이 복수할 기회는 분명 올 거니 힘 좀 내라. 부축하는 녀석이 이렇게 비리비리하면 난 어떡하나?"

"헤헤, 미안하다. 한 놈도 죽이지 못하고 후퇴하는 게 억울해서 그러는 거니 이해해다오."

창수가 큰 덩치를 흔들며 말했다.

강릉에서 후퇴한 농민군이 정선에 당도한 것은 다음 날 오후 무렵이었다. 강릉에서 이서배들에게 당한 농민군은 정선관아에 도착하자 이방의 목을 베고 이서배들을 모두 옥에 가두었다. 그러곤 강릉을 재점령해 우리가 당한 치욕을 반드시 갚아 주겠노라 선언했다.

그러나 9월 15일 평양으로 진격한 왜군이 평양성에 주둔하고 있던 청군 1만 명을 패퇴시킨 후 청국 영토까지 진격하면서 상황은 농민군에게 불리하게 전개되었다. 청군에 호의적이었던 유림들이 왜군에 붙으면서 각 마을에 민보단을 조직했고, 그렇게 만들어진 민보단은 본국에서 넘어온 왜군과 관군의 지원을 받으며 농민군을 압박해 왔다. 평창에선 왜군과 민보단이 연합하여 농민군과 전투를 벌였고, 화력에서 밀린 농민군은 1백 명의 사상자를 내곤 정선으로 퇴각하는 일까지 벌어졌다. 평창이 민보단의 수중에 들어가자 정선도 위험한 상황에 놓이게 되었다. 정선에서 밀리면 영월은 물론이고 제천 충주까지 추풍낙엽이 될 판이었다.

평창이 민보단에게 넘어간 지 사흘째 되던 날 군마를 앞세운 왜군과 민보단이 정선을 치고 들어왔다. 대비를 한다고는 했지만 농민군의 무기로는 왜군과 민보단의 가공할 화력을 당해낼 수는 없었다. 석태의 총을 비롯해 농민군의 총은 유효사거리가 짧아 총알이 왜군 근처에도 이르지 못했으나 왜군이나 민보단이 쏜 총알은 농민의 가슴을 뚫고 지나갔다. 농민군은 정선 전투에서 수백의 사상자를 내고 여기저기로 흩어졌다. 사기가 오른 왜군과 민보단은 민가를 불태우며 농민군의 뒤를 바싹 쫓았다. 석태와 창수는 농민군 수백 명과 고양산 방면으로 도망쳤으나 강릉에서 넘어온 민보단과의 전투에서 포로가 되어 정선관아로 압송되었다.

"저놈들이 우릴 죽이겠지?"

창수가 몸을 부들부들 떨며 말했다.

"그런 소리 마. 우린 죽지 않아."

석태가 13자 주문을 외며 창수의 손을 꼭 잡았다.

포로에 대한 심문은 다음 날부터 시작되었다. 이서배들은 다른 포로와 마찬가지로 석태와 창수에게 그간의 행적과 함께 활동한 동학인의 이름을 대라며 고문을 가했다. 살이 찢어지고 터지는 고문을 받으면서도 둘은 끝까지 입을 다물었다. 그러는 사이 포로로 잡힌 농민군의 수는 점점 늘어갔고 정선의 농민군이 대패했다는 소식이 관아까지 전해졌다.

시간이 흐르며 고문을 받다 쓰러지는 이들이 속출했다. 혹독한 고문을 견디지 못하고 스스로 혀를 깨물고 죽음을 선택하는 이도 있었다. 옥사엔 비명소리가 가득했고 피 냄새와 살이 타들어가는 냄새가 주변을 떠돌았다. 며칠 후엔 동학 접주 지왈길이 잡혀 효수당했다는 이야기까지 돌았다. 그 소문이 사실인지 이서배들과 관군은 밤늦도록 승리를 자축하는 술판을 벌였다.

지왈길의 죽음은 하늘이 무너지는 소식과도 같았다. 석태와 창수는 만신창이가 된 몸을 부둥켜안았다.

"아, 우리가 원하는 세상은 끝내 오지 않는단 말인가……."

석태와 창수는 눈물을 주룩 흘리며 몸을 부르르 떨었다. 끝

내 이름은 특사

내 이름은 투사

눈이 내린다. 사북 읍내가 온통 눈으로 덮여 있다. 검게 그을린 산자락도 오늘은 흰옷으로 갈아입었다. 우리 집은 산중턱에 지어져 있다. 사북에서 가장 높은 집이다. 집 마당에서 아래를 내려다보면 사북이 한눈에 들어온다. 눈 덮인 사북은 아름답기 그지없다. 하지만 눈이 녹으면 사정은 달라진다.

산자락으로 많은 집들이 있다. 갈 곳 없는 사람들이 모여들던 시절, 바람이나 피하자며 지은 집들이라 옹색하기 이를 데 없다. 산자락에 사는 사람들은 술주정을 해도 건물 벽은 절대로 발로 차지 않는다. 자칫 실수를 하게 되는 날엔 벽이 날아가거나 집이 무너지기 때문이다.

마주 보이는 산은 아버지의 무덤이다. 아버지는 지하 2천 미터나 되는 곳에 묻혀 있다. 매몰 사고가 나던 날 나는 엄마 뱃속에 있었다. 임신 8개월이라 했다. 그때의 충격으로 난 8개월 만에 세상에 나왔다. 그런 이유로 사람들은 동민이라는 이름 대신 팔삭동이라고 불렀다.

내 뒤를 따라 나온 여자 아이는 핏덩이로 나왔다. 그 아이는 울음 한번 터트리지 못하고 숨을 거두었다. 사람들은 그 아이가 날 살렸다고 했다. 21년 전의 일이다. 아버지의 죽음 이후에도 사고는 끊이지 않았다. 그 기간 동안 많은 사람이 아버지처럼 탄 더미 속에 묻혔다. 위령탑에 가보면 매몰 사고로 숨진 사람들의 이름이 빼곡하게 적혀 있다. 그렇게 세월이 흘러갔다.

내가 열 살 무렵 아버지가 다니던 탄광이 문을 닫았다. 주변의 탄광들이 연이어 간판을 내렸다. 목돈을 받아든 광부들은 살길을 찾아 여기저기로 떠났다. 흥청이던 거리엔 탄가루만이 무심하게 날렸다. 상가문은 닫히고 술집 작부들도 하나둘 떠났다.

떠나지 못한 사람들은 할 일이 없었다. 출근할 곳도 없었다. 참다못한 사람들이 하나둘 빈 거리에 모였다. 불만의 소리가 곳곳에서 터져 나왔다. 서럽게 눈물을 흘리는 이도 있었다.

며칠 후 그들은 거리를 점거했다. 시위는 조금씩 격해지기 시작했다. 1980년 4월에 있었던 사북 항쟁 이후 가장 많은 사람들이 모여들었다. 그들의 주장은 폐광에 따른 생계 대책을 마련해 달라는 거였다. 생존권을 담보로 한 투쟁이었지만 정부는 꼼짝도 하지 않았다.

나도 시위 현장에 나갔다. 현장에 나가면 먹을 것이 생겨 좋았다. 학교와 담을 쌓게 된 것도 그때부터였다. 어린 나이지만 어른들이 장난삼아 건네주는 막걸리를 마시고 비틀거리기도 했다. 시위는 한동안 지속되었다. 처음엔 어른들을 따라 구호를 외칠 뿐이었는데 어느덧 나는 시위대의 맨 앞에 서 있었다. 사람들은 나를 보고 꼬마 투사라고 불렀다. 그때부터 내 이름은 팔삭이가 아닌 투사가 되었다.

어린 나이지만 투사라는 말을 들으면 힘이 솟았다. 내가 시위대의 전면에 나서자 경찰은 당황해했다. 확성기를 든 경찰이 어린이는 위험하니 집으로 돌아가라고 소리쳤다. 하지만 나는 투사이므로 대오에서 벗어나지 않았다. 투쟁의 강도가 높아지자 정부는 특별법을 제정하겠다고 했다. 사람들은 이겼다며 환호했으나 할 일이 없어지는 것이 두려운 나는 박수도 치지 않았다. 거리에 나섰던 사람들은 각자의 일상으로 빠르게 복귀했다. 사북거리는 다시 평온을 되찾았고 시위는 그렇게 끝났다.

떠날 사람은 떠나고 남아야 할 사람은 남은 거리. 떠나지도 남지도 못한 나는 거리의 아이가 되었다. 정암사 골짜기에서 바람이 불어오는 날이면 그 바람을 따라 증산 혹은 별어곡까지 걸어가기도 했다. 증산에서 불어온 된바람이 사북 거리를 지나 정암사로 불면 나는 어느덧 만항재 정상에 있었다.

어떤 친구처럼 가족을 따라 안산으로, 또는 부천으로도 가지 못한 나는 다시 정암사 계곡의 전나무 숲을 지나 사북의 거리로 내려왔다. 걷기도 힘들어질 무렵이면 어김없이 별이 떴다. 별을 보면 시집간 엄마가 생각났다.

아버지의 죽음 이후 엄마는 총각 광부를 따라 대전으로 시집갔다. 사북을 떠나는 날 엄마는 새 신부처럼 환하게 웃었다. 하지만 나는 엄마처럼 웃을 수 없었다. 엄마는 내 머리를 쓰다듬으며 "널 데리러 올게, 오래 걸리지 않을 거야" 하고 떠났지만 이젠 연락조차 닿지 않았다. 그럼에도 나는 아버지가 손수 지었다는 오두막 같은 집에서 엄마가 오기만을 기다렸다.

시위가 끝나고 함백산 자락에 공사가 시작되었다. 산을 파헤친 그 자리엔 스몰 카지노가 들어선다고 했다. 굴삭기와 덤프트럭이 함백산으로 몰려들었다. 스몰카지노가 완공되기 전 사북에도 공사가 시작되었다. 함백산을 뒤흔들던 굴삭기의 굉음이 이번엔 사북에서 울려 퍼졌다. 산으로 올라간 굴삭기는 아버지가 묻혀 있는 백운산 자락을 파헤치기 시작했다.

공사가 시작되자 사북거리는 다시 흥청거렸다. 버려지다시피 했던 집들이 고가에 팔린다는 소문이 여기저기에서 떠돌았다. 어느 날인가는 우리 집에도 집을 팔지 않겠냐며 사람이 찾아왔다.

부동산 중개인은 함께 온 여자에게 이곳이 인간이 살아가기에 가장 적당한 높이인 해발 700이라고 소개했다. 나도 해피 700이라는 광고 문구를 본 기억이 있다. 하지만 나는 지금까지 살면서 한 번도 해피해본 적이 없다. 해피할 이유가 없기 때문이다.

나와 같은 사람이 사북에는 너무 많다. 떠나지 못해 남아 있는 사람들이 그들이다. 집을 보러온 여자가 위치가 맘에 든다고 하자 중개인은 내게 팔 것을 거듭 요구했다. 나는 엄마를 기다려야 했기에 당연히 싫다고 했다.

그 무렵부터 거리엔 아는 얼굴보다 모르는 얼굴이 더 많았다. 흉하게 파헤쳐진 자리엔 뾰족 모양을 한 거대한 호텔이 들어섰다.

그 호텔 안에 내국인이 출입할 수 있는 카지노가 있고, 나는 요즘 그 카지노 덕분에 먹고 산다. 지금 와서 생각해보니 시위가 끝나던 날 박수라도 쳐야 했던 것이다.

"이야, 경치 한번 끝내준다."

아랫집에 사는 대포 형이다. 대포는 그의 별명이다. 정순이란 원래 이름이 있지만 사람들은 그를 대포라고 부른다. 옛날 대포 형의 아버지가 대폿집을 하던 여자와 바람이 났는데 그 여자가 낳은 아들이라 하여 그렇게들 부른다.

어쨌거나 하는 행동을 봐서 그는 정순이란 이름보다 대포라는 이름이 훨씬 잘 어울렸다. 고작 점심시간을 넘겼을 뿐인데 술 냄새를 풍기고 있으니 이름값 하나는 제대로 하는 사람이다.

"벌써 해장했어?"

"눈 오는 날은 아무리 먹어도 안 취해."

대포 형이 헤벌쭉 웃으며 말했다.

"그나저나 오늘 아버지는 하나도 안 춥겠다."

대포 형이 눈 덮인 산을 보며 말했다. 대포 형 아버지도 광부로 일하다 백운산에 묻혔다. 대포 형 아버지는 내가 여섯 살 때 돌아가셨다. 그 이후 큰 매몰 사고가 났고, 탄광은 사고 수습도 하지 않은 채 문을 닫았다.

대포 형이 담배를 빼물며 말했다.

"근데, 오늘은 일 안 가냐?"

"친구 땜에 아침 일은 포기했어."

"친구? 너한테도 친구가 있었냐?"

대포 형이 고개를 갸웃하며 물었다. 나는 "들개라고 형도 알거야. 어제 왔다며 만나재"라고 대답했다. 대포 형이 "들개? 서울에서 깡패질한다고 들었는데 뭐 하러 왔다냐?"라며 허공을 향해 연기를 훅 뿜었다. 나는 "어제가 들개 아버지 기일이라 내려왔대"라고 대답했다. 대포 형이 "그 녀석 이젠 철들었나보다. 하긴 아버지의 죽음을 기억한다면 정신 차리고 살아야지"라며 백운산을 바라보았다.

들개 아버지는 사북항쟁 당시 시위대를 이끌던 지도부에 속해 있었다. 그 때문에 모진 고문을 받았고 결국 그 후유증을 겪다 몇 년 전 쓸쓸하게 세상을 떴다. 아버지를 잃은 들개는 그 길로 학교를 그만두고 주먹 세계로 진출했다.

대포 형과 헤어진 나는 들개를 만나러 읍내로 내려갔다. 대포 형이 눈 쌓인 언덕길을 내려가는 일은 여자를 꼬드겨 하룻밤 자는 일보다 어렵다고 말했는데 그건 사실이었다. 발뒤축으로 눈을 찍어가며 내려갔음에도 두 번이나 넘어지고서야 시내로 접어들었다.

언젠가부터 사북은 아이보다 어른이 더 많아졌다. 또 예전이나 지금이나 여자보다 남자가 더 많다. 그래서 사북엔 아이들이 할 눈싸움을 어른들이 하고 소녀들이 까르르, 웃으며 할 눈싸움을 거친 사내들이 한다.

도로는 온통 빙판으로 변해 있었다. 차들이 설설 기며 좁은 길을 곡예 하듯 빠져나갔다. 외지에서 온 차들은 아예 젬병이다. 접촉사고를 일으킨 차들은 예외 없이 카지노를 찾은 외지 차량들이다.

이럴 땐 두 다리가 더 쓸모 있다. 넘어진다 해도 벌떡 일어나면 그뿐이다. 나는 사람들이 만들어놓은 빙판을 보기 좋게 미끄러진다. 미끄럼 타는 재미가 여간 아니다. 어릴 적엔 먹빛 얼음이 깔린 냇가에서 미끄럼을 탔다. 넘어지면 물 얼룩이 지기보다 검은 석탄 자국이 더 선명한 먹빛 얼음. 그 먹빛 얼음이 사라진 건 몇 해 전이다. 탄광이 문을 닫기 시작하고 지루한 여름 장마가 몇 차례 있은 후였다.

들개와 만나기로 한 카지노당구장은 번화가에 있는 금은방 2층에 있었다. 작년에 새로 문을 연 곳인데 주인은 제천 사람이라고 했다. 문을 열고 들어가자 머리를 짧게 깎은 들개가 주인과 나인 볼을 치고 있었다. 들개가 왔냐? 하며 잠시만 기다려, 했다.

나는 당구대 옆에 있는 의자에 앉아 게임이 끝나기를 기다렸다. 들개가 몸을 낮추며 흰 구(球)로 빨간 구와 노란 구를 때렸다. 돈 내기인지 주인이 지폐를 꺼내 당구대에 올려놓았다. 초크를 칠한 들개가 다시 몸을 낮추었다. 몸을 이리저리 움직이며 각도를 재더니 흰구를 쳤다. 흰 구가 빨간 구를 맞춘 다음 청색 구를 살짝 스치며 지나갔다. 주인이 젠장 누군 오늘 되는 날이로군, 하며 돈을 또 꺼내 당구대에 턱, 소리가 나도록 올려놓았다.

들개의 공격이 이어지고 주인의 표정이 점점 굳어갔다. 들개가 주인의 표정을 살피더니 미안했던지 공격권을 주인에게 넘겨준다. 주인이 초크 칠을 하며 판돈을 키우자고 말한다. 들개가 그럽시다, 하며 고개를 끄덕이자 주인이 흰 구를 친다. 하지만 주인이 친

흰 구는 노란구를 맞추는가 싶더니 검은 구를 건드리며 지나간다. 검은 구가 또르르, 당구대를 구르자 주인의 얼굴색이 검다 못해 하얗게 변해간다.

“에이 씨팔!”

주인이 욕설을 뱉으며 큣대를 내동댕이쳤다. 들개가 그 모습을 보며 빙긋 웃는다. 주인이 다시 큣대를 고르고 있을 때 들개가 오늘은 약속도 있고 하니 그만 치자고 했다. 주인이 나를 힐끔 보더니 하는 수 없다는 표정을 지었다.

당구장을 나온 들개와 나는 근처 다방으로 갔다. 다방은 오전이라 그런지 한가해 보였다. 우리가 들어서자 티브이를 보고 있던 아가씨들이 일제히 일어서며 어서 오세요, 라고 합창을 했다. 들개와 나는 창가에 자리를 잡았다. 아가씨 둘이 들개와 내 옆에 앉았다.

들개가 커피를 주문하며 긴히 할 말이 있으니 자리를 비켜달라고 양해를 구했다. 대신 아가씨 둘에게는 쌍화차 한 잔씩을 마시라며 주문을 추가했다. 하는 행동으로 보아 역시 들개는 노는 물이 다른 듯했다. 아가씨들은 그제야 “오빠 고마워” 하고는 티브이 앞으로 자리를 옮겼다. 잠시 후 커피가 나왔고 들개가 입을 열었다.

“너 카지노 보이라고 소문났던데 사실이냐?”

“응, 자리를 잡아주고 손님들에게 수고비 받는 일을 해. 블랙잭 같은 건 자리가 없어 몇 시간씩 기다릴 정도거든.”

“카지노 돌아가는 사정은 잘 알겠구나.”

들개가 담배를 빼물며 물었다.

"그런 셈이야. 근데 왜?"

나는 커피를 홀짝이며 되물었다.

"너의 도움이 필요해서 그래."

들개가 눈을 가늘게 뜨며 말했다. 나는 "도움?" 하며 놀라는 표정을 지었다. 사북에 살 때도 몇 해 선배까지는 우습게 때려 눕혔던 전력이 있는 들개였다. 그러니 나 같은 존재는 친구라고 언급할 수준도 아니었던 것이다. 그런 들개가 내게 도움을 필요로 한다니, 가슴이 벅차올랐다.

"그래, 날 좀 도와줘야겠어."

들개의 말에 나는 "무슨 일인지 모르겠지만 도움이 필요하다면 그렇게 할게"라고 말했다.

"이제 보니 팔삭이 너 제법 화통한 데가 있는 걸."

"그렇게 생각했다면 지금부터라도 팔삭이라고 하지 말고 투사라고 불러줘. 난 오래전부터 투사였고 사람들도 날 그렇게 불러."

나는 벅찬 감정을 억누르며 차분한 어조로 말했다. 들개가 햐, 요거 봐라 하는 표정을 잠시 짓더니 "좋아" 하고는 말을 이었다.

"팔삭이보담 투사가 남자답고 의리도 있어 보이는 이름이니 앞으론 투사라고 불러주지."

"고마워, 근데 내가 도울 일이라는 게 뭐야?"

"별일 아냐, 넌 손님만 연결시켜주면 돼."

들개가 대수롭지 않은 일이라는 투로 말했다. 들개의 말을 이해하지 못한 나는 "손님이라니?" 하고 물었다.

"며칠 있으면 내가 모시는 분이 사북에 전당포를 낼 거야. 사업을 하려면 손님이 있어야 하는 건데, 네가 카지노에서 돈 잃고 쩔쩔 매는 놈들을 회사로 데리고 왔으면 좋겠다. 물론 그에 따른 페이는 지불하지. 그 정돈 할 수 있겠지?"

들개가 눈을 번뜩이며 물었다. 나는 기어드는 소리로 "응, 할 수 있어. 카지노에 그런 사람들 많거든" 하고 대답했다.

내 말이 맘에 들었던지 날카롭게 빛나던 들개의 눈빛이 조금은 누그러졌다. 원하는 대답을 얻은 들개는 바빠서 먼저 일어나야겠다며 담배를 챙겼다. 나도 카지노로 가야 했기에 들개를 따라나섰다. 밖으로 나오니 눈발은 더 굵어져 있었다. 들개는 헤어지기 전 "너만 믿는다"라며 두툼한 손으로 내 어깨를 두어 번 쳤다. 잠시 후 들개는 맞은편에 있는 농협 건물로 사라졌다.

들개와 헤어진 나는 눈을 맞으며 퀸 미용실로 갔다. 퀸 미용실은 내가 좋아하는 민희가 미용 보조로 일하고 있는 곳이었다. 한 번도 내 마음을 보여주지 않았지만 민희는 누가 뭐래도 내 여자였다.

공부에 소질이 있었던 민희가 대학에 합격하고도 입학을 포기한 이유는 아버지의 부재와 가난 때문이었다. 내 아버지와 민희 아버지는 같은 날 백운산에 묻혔다. 지난봄엔 민희 어머니마저 병을 얻어 살림은 더욱 기울었다.

민희는 그때부터 웃음을 잃어버렸고 말수 또한 부쩍 줄어들었다. 결국 민희는 지겹게 따라붙는 가난에서 벗어나기 위해 미용사의 길을 선택했다. 지금은 비록 보조로 일하지만 언젠가는 번듯

한 미용실을 차려보겠다는 것이 민희의 유일한 꿈이자 희망이었다.

한가하던 다방과 달리 미용실엔 손님이 넘쳐 났다. 눈 때문에 외출을 포기한 여자들이 이참에 머리나 하자며 몰려든 것 같았다. 이미 파마를 시작한 여자 서넛은 머리에 비닐을 쓴 채 화투를 치고 있었다. 민희는 아직 드라이기를 잡지 못했는지 오늘도 미용실 바닥을 쓸고 있었다. 나는 민희가 일하는 모습을 조금 더 지켜보다 카지노로 올라갔다.

들개가 말한 전당포의 오픈일이 하루 앞으로 다가왔다. 들개를 만난 지 일주일 만이었는데 상호는 〈올인〉이었다. 들개는 간판을 걸며 "멋지지 않냐?" 하고 내게 말했다. 나는 다른 전당포들보다 훨씬 멋있다고 말해주었다.

오후가 되자 고급 승용차 두 대가 전당포 앞에 멈추었다. 차에서 내린 사람들은 영화에나 나올 법한 인물들로 다들 검은 양복에 짧은 머리를 하고 있었다. 마지막으로 내린 사람은 여자였는데 역시 검은색 정장차림으로 나이는 짐작할 수 없었지만 상당한 미모를 지니고 있었다. 그들이 사북에 나타나자 거리는 긴장이 감돌았다.

여자는 사내들의 안내를 받으며 전당포로 들어갔다. 여자가 의자에 앉자 들개는 준비했던 서류를 건네주며 그간의 진행 상황을 보고했다. 여자는 들개의 보고를 받으며 고개를 끄덕이다가도 가끔씩 질문을 했다. 그럴 때마다 들개는 고개를 주억거리며 말을 더듬었다.

그런 일이 몇 번 반복되자 여자가 끝내 "준비가 이렇게 소홀해서야 사업이 제대로 되겠어요? 머리를 좀 쓰세요. 머릴!" 하며 들고 있던 서류를 검은 양복의 사내들에게 던졌다. 여자가 언성을 높이자 검은 양복을 입은 사내들이 합창을 하듯 "죄송합니다" 하며 허리를 구십 도로 꺾었다.

여자가 사무실을 나와 검은 양복을 입은 사내들과 카지노로 올라간 후에도 들개의 굳은 얼굴은 펴지지 않았다. 한때 사북거리를 공포에 몰아넣기도 했던 들개도 그들의 세계에선 허드렛일이나 하는 처지에 불과했다.

들개는 눈물까지 떨구며 바닥에 뿌려진 서류를 주섬주섬 챙겼다. 간판을 걸 때만 해도 힘이 잔뜩 들어가 있던 들개의 어깨는 소금에 절인 배추처럼 풀이 죽어 있었다. 나는 그런 들개가 측은하여 "내가 도울 일은 뭐 없을까?" 하고 물었다.

들개가 눈물을 훔치며 "내 일은 걱정 말고 넌 저거나 더 붙이고 와" 하고 스티커 박스를 가리켰다. 나는 알았어, 하며 스티커 박스를 챙겼다. 사무실을 나서려는데 들개가 "이번엔 그냥 붙이기만 하는 게 아니고 다른 전당포에서 붙인 스티커까지 떼어버려야 해. 알았지?"라고 말했다. 쉽지 않은 일이지만 나는 그렇게 하겠다고 했다.

스티커를 붙이는 일은 양이 워낙 많아 밤늦게까지 해야 했다. 밤이 깊어지면서 기온이 급강하해 온몸이 얼어붙는 느낌마저 들었다. 자정을 넘기고서야 도착한 집은 연탄불이 꺼져 있어 춥기는 매한가지였다. 잠자리에 누운 나는 춥기도 했지만 전당포에서 본 사내들과 여자로 인해 한동안 잠을 이루지 못했다.

다음 날 나는 잠에서 깨어 곧장 카지노로 향했다. 밤새 언 몸을 녹이기에는 카지노가 제격이었다. 건물 안으로 들어서자 훈기가 감돌았다. 그때까지 게임에 열중인 사람들은 밤을 꼬박 새운 듯 눈이 벌겋게 충혈되어 있었다.

그들의 표정이 어두운 것으로 미루어 돈을 제법 잃은 듯 보였다. 하긴 밤새워 게임을 한 사람 치고 돈 따는 사람은 극소수에 불과했다. 잃은 돈을 만회해 보려는 심산이겠지만 그럴수록 판단력이 흐려지는 것은 당연한 일이었다.

얼었던 몸이 녹자 잠이 몰려왔다. 나는 블랙잭에 빈자리 두 개를 예약해두고 잠잘 곳을 찾았다. 구석자리는 이미 장기체류하는 카지노노숙자들로 채워져 있었다. 나는 나만이 알고 있는 곳으로 가 눈을 붙였다.

잠든 나를 깨운 건 김도사였다. 그는 카지노 앞에서 난전을 펼쳐놓고 카지노에 있는 각종 게임의 운세를 보아주며 먹고사는 사람이다. 예를 들어, 블랙잭은 몇 시에 배팅을 하면 좋고 바카라는 몇 시경에 조심하고 슬롯머신은 몇 시경에 잭팟이 터질 확률이 높다는 식이었다. 그러나 맞는 확률은 지극히 미미했다.

실제로 김도사는 자신의 운세를 믿고 배팅을 했다가 돈을 잃은 사람들에게 손찌검을 당한 적도 많았다. 그럼에도 김도사가 카지노를 떠나지 못하는 것은 마땅히 돌아갈 곳도 없는 처지에다 그의 운세가 가물에 콩 나듯 맞는 경우도 있기 때문이었다.

그런 김도사지만 정작 본인의 운세는 맞히지 못하는지 복채로 받은 돈을 카지노에 고스란히 쓸어 넣는 인물이기도 했다.

"여기서 밤새웠냐?"

김도사가 물었다.

"아뇨, 아침에 왔는데 추워서 깜박 잠들었어요."

"이 녀석 또 연탄불 꺼트렸구나. 그러기에 내가 뭐랬냐. 겨울만큼은 여기서 나와 함께 지내자고 했잖어."

김도사가 세면도구가 든 가방을 흔들며 말했다. 김도사는 카지노 생활만 5년째 하는 사람이라 건물 전체가 그의 집이나 다름없었다. 돈 한 푼 들이지 않고 잠자리를 해결하는 것은 물론이고 건물 내부에서 식사와 샤워까지 해결했다. 호텔 직원 중에서도 그만큼 건물 내부를 잘 아는 사람은 없었다.

"춥긴 해도 집이 더 편해요."

"허긴 그 심정 이해가 간다. 집만큼 좋은 곳이 어디 있겠니."

집 이야기가 나오니 김도사도 심란한 모양이었다. 말을 마친 김도사가 쩟, 하고 혀를 차며 화장실로 걸음을 옮겼다. 평범한 가정의 가장이자 직장인이었던 그는 5년 전 친구들과 함께 카지노를 찾았다가 퇴직금에다 형제들 돈은 물론이고 친구들에게 빌린 돈까지 잃어 결국 돌아갈 곳 없는 노숙자 신세로 전락하고 말았다.

식사 때가 되었는지 슬슬 배가 고파왔다. 무료로 제공하는 음료와 샌드위치로 아침을 해결한 나는 객장을 돌며 손님들이 남긴 동전을 수거하기 시작했다. 그 일을 시작으로 나의 업무도 시작이 되는 셈인데, 이 일 또한 보안요원에게 들키면 쫓겨나게 되니 나름의 요령이 필요했다.

그러나 오늘은 머신을 비롯하여 비디오 게임기까지 확인했지만 소득은 고작 몇 천원에 불과했다. 동작 빠른 누군가가 벌써 훑고 지나간 모양이었다. 처음 이 일을 시작할 때만 해도 하루 용돈 정도는 건질 수 있었지만 요즘엔 경쟁자가 늘면서 수입 또한 형편없이 줄고 있었다.

겨울이라 그런지 객장은 오전부터 붐볐다. 내게 자리를 부탁했던 손님도 예상보다 빨리 나타났다. 나는 그들에게 예약해두었던 자리를 넘겨주고는 전당포로 갔다.

전당포는 오픈 준비를 하느라 분주하게 움직였다. 오늘은 어제보다 검은 양복을 입은 사내들이 더 많아 들개를 찾는 일도 어려웠다. 모두들 비슷비슷한 양복에다 짧고 각진 머리까지 닮은꼴이어서 누가 누구인지 분간하기도 힘들었다. 한참만에야 들개를 찾았을 때 그는 밀려드는 화환을 정리하고 있었다.

화환을 보낸 이들은 대개가 건설회사 회장이나 대표이사였고 더러는 국회의원과 경찰서장의 이름도 보였다. 여자는 오늘도 검은 옷을 입었는데, 어제처럼 정장이 아니라 검은 드레스를 입고 있었다. 하지만 여자는 영하의 추위를 견디지 못하고 종종거리며 사무실로 들어갔다.

"너 마침 잘 왔다."

나를 발견한 들개가 돈을 건네주면서 테이프 커팅에 쓸 가위를 사 오라고 했다. 들개는 시간이 없는지 빨리 다녀오라며 재촉했다. 돈을 받아든 나는 주방기구를 파는 집으로 내달렸다. 잠시 후 들개에게 가위를 건네줄 땐 검은 승용차들이 줄줄이 도착했다. 누군지 알 수는 없었으나 그들이 차에서 내릴 때마다 검은 양복들이 깍듯이 인사를 했다.

여자 또한 그들과 일일이 악수를 나누며 모처럼 웃는 표정을 지었다. 마지막으로 도착한 승용차에서 사람이 내릴 때에는 검은 양복들이 두 줄로 도열하여 코가 땅에 닿을 정도로 허리를 숙였다. 사무실에 있던 누군가의 입에서 회장님이 도착하셨습니다, 라는 말이 나왔다. 그들은 승용차에서 내린 사람이 사무실로 갈 때까지 그 자세를 유지했다.

사내가 사무실로 들어가자 곧바로 오픈 행사가 진행되었다. 전당포 앞은 검은 양복을 입은 사람들만 있어 어떤 사람이 국회의원이고 누가 경찰서장인지 알아차릴 수도 없었다. 오픈 행사는 오랜 시간 준비했던 것에 비해 몇 분 만에 끝이 났다. 그들이 한 일이라고는 내가 사다 준 가위로 오색 종이를 자른 일밖에 없었다. 그러곤 들개만 남기고 사북에서 가장 좋다는 음식점으로 직행했다.

"대단하다. 이런 거 실제로 보긴 처음이야."

나는 검은 양복을 입은 사내들이 했던 인사를 흉내 내며 말했다.

"오늘은 그나마 사람이 없는 거야. 서울에서 이런 거 하면 교통이 마비될 정도로 많은 사람이 찾아와. 그나저나 이번에 전당포 일이 잘 되면 나도 서열이 올라갈 거야. 그러자면 너의 도움이 절실히 필요해. 날 도와줄 거지?"

"카지노 일이라면 걱정 마."

들개에게 힘이 되는 일이라면 마다할 일이 없을 것 같았다. 더구나 카지노에서 손님을 모셔 오는 일쯤이야 식은 죽 먹기보다 쉬운 일이라는 생각이 들었다.

"돈이 필요한 사람이 있음 즉각 전화해. 곧장 달려갈 테니까."

나는 그럴게, 하고 전당포를 나섰다. 거리로 나온 나는 퀸 미용실로 갔다. 오늘은 손님이 그다지 많지 않았다. 민희의 얼굴이라도 보았으면 했지만 어딜 갔는지 보이지 않았다. 점심때라 식사 중인가 싶어 잠시 기다렸지만 민희의 모습은 어디에도 없었다.

하지만 민희가 해야 할 일을 다른 여자가 하는 걸로 미루어 식사를 하는 게 아니라 주인이 심부름이라도 보낸 건 아닌가 하는 생각이 들었다. 그렇다면 그리 오래 기다리지 않아도 민희를 볼 수 있을 것 같았다.

나는 미용실 앞에서 민희가 오기만을 기다렸다. 거리를 휩쓰는 바람이 몹시 차게 느껴졌지만 참을 만했다. 그러나 한 시간을 기다려도 민희는 나타나지 않았다. 뭔가 다른 일이 생긴 게 틀림없었다. 혹시 출근을 하지 않은 걸까? 이런저런 생각을 하고 있는데 문이 열리며 미용사가 쓰레기봉투를 들고 나왔다. 나는 그녀에게 다가갔다.

"민희는 어디 갔나요?"

내 물음에 여자가 나를 곁눈질로 훑어보더니 "걔, 오늘 출근하지 않았어요"라고 대답했다. 나는 "네에, 그랬군요" 하며 고맙다는 인사를 보냈다. 여자가 다시 미용실로 들어가려다 말고 "엄마가 아프다나 봐요"라고 말했다.

민희 어머니의 병세가 점점 악화되는 모양이었다. 민희 생각만 하면 가슴이 답답했다. 달리 도울 방법이 없는 게 원인이기도 했다. 지금 민희의 고민을 해결해줄 수 있는 것은 돈이었다. 돈만이 민희의 얼굴에 드리워져 있는 그늘을 지워낼 수 있을 것이었다.

나는 미용실을 떠나며 그 돈을 내가 마련해줄 수 있다면 얼마나 좋을까, 하고 생각했다. 그렇게만 된다면 민희도 내 마음을 거부하지 않을 것이었다. 사북에서 현금이 가장 많은 곳은 카지노였다. 열심히만 하면 민희 어머니의 병원비 정도는 마련할 수 있을 것이었다. 카지노를 이용하면 불가능할 일도 아니라는 생각이 들자 카지노로 향하는 발걸음은 어느 때보다 힘차고 경쾌했다.

오후가 되자 객장은 손님들로 가득 찼다. 손님들의 손엔 작은 손가방이 하나씩 들려 있었으며, 그들은 그 손가방에 들어 있는 돈을 다 잃을 때까지 게임을 할 터였다. 게임을 시작하고 초반에 작은 것이라도 터트리지 못하면 준비한 돈을 잃는 데 드는 시간은 한 시간도 걸리지 않았다. 급한 성격의 소유자일수록 그 시간은 더 단축될 것이었다. 나는 손님들의 표정을 살피며 어서 시간이 흐르기만을 기다렸다.

객장을 돌며 사람들이 나누는 대화에도 신경을 써야 했다. 그들이 객장에서 나누는 사소한 대화 하나도 내겐 중요한 정보였다. 게임을 하러 오는 사람들에겐 나름의 금기가 있는데, 예를 들면 돈을 찾아 나오는 길에 여자를 봤다거나 차를 타고 오는데 브레이크 잡는 일이 많이 생겼거나 하는 날엔 어김없이 돈을 잃는다는 것이었다. 또 딜러가 바뀌었을 때 첫 판에서 지면 그 판은 조심해야 한다는 등등의 조건들도 카지노에선 금과옥조처럼 떠돌아다녔다.

실제로 그런 사람이 돈을 잃는 경우는 백 프로였다. 돈을 잃는 시간도 다른 사람보다 배나 빨랐다. 게임을 하기도 전에 자신과의 싸움에서 졌으니 당연한 결과이기도 했다. 그런 이유로 김도사가 주장하는 게임의 원칙은 "자신을 다스리지 못하는 사람은 함부로 지갑을 열지 마라"라는 것이었다. 그는 게임의 운세를 보아 주면서도 그런 점을 특히 강조했다.

시간이 지나자 은행이나 현금지급기를 찾는 손님들이 늘어나기 시작했다. 이미 준비해 온 돈을 잃었다는 증거였다. 통장이나 카드에 있는 돈까지 잃고 나면 그들의 선택은 둘로 나누어진다. 자신의 못남을 탓하며 카지노를 떠나는 사람이 있는가 하면 미련을 버리지 못한 채 전당포를 기웃거리는 사람도 있었다.

그 어떤 경우이든 내게는 다 고객으로 보였다. 그들에게 한 번의 기회를 더 주는 것이 내가 할 일인 것이었다. 그러나 그 마지막 기회까지 잃게 되면 대개 정신적 패닉 상태에 빠져 집으로 돌아가지도 못하고 카지노 주변을 맴돌았다. 김도사 같은 사람이 전형적인 예인데 카지노엔 그런 사람이 천 명은 족히 넘었다.

저녁 무렵이 되자 객장은 사람들로 발 디딜 틈조차 없었다. 소비 심리가 살아나지 않아 경제가 어렵다는 뉴스가 연일 나오고 있음에도 카지노만큼은 예외였다. 더구나 오늘이 평일임을 감안한다면 놀랄 만한 일이 아닐 수 없었다. 그러나 그 많은 사람들

중에서 돈을 따서 돌아가는 확률은 지극히 낮았다. 어쩌다 순간적으로 돈을 딴다 해도 결국엔 더 많은 돈을 잃게 되는 것이 카지노의 생리이자 현실이기 때문이었다.

나처럼 카지노에 살다시피 하는 사람은 손님들의 표정만 봐도 그가 어떤 상태에 있는지 짐작이 갔다. 시간이 지나면서 구석자리에 앉아 휴대폰을 잡고 있는 사람이 많아졌다. 이미 은행에 있던 돈까지 잃은 사람들이었다.

친구나 아는 사람에게 돈은 빌려달라는 게 전화의 내용이었다. 나는 그런 사람들을 찾아 들개에게 연락을 했다. 전당포에 대기하고 있던 들개는 차로 그들을 실어 갔다. 잠시 후 그들은 다시 객장으로 들어섰고 호기 좋게 게임을 시작했다.

보름이 지났다. 카지노에서 고객을 유치하는 일은 생각보다 수월했다. 돈을 잃은 사람들은 내가 내미는 손을 거부하지 않았다. 들개는 그들이 빌리는 돈의 금액과 관계없이 건당 얼마씩 계산을 해주었다. 그럼에도 주머니에 돈은 모이지 않았다. 나 역시 좀 더 큰돈을 마련해보기 위해 수입의 많은 부분을 게임기에 들이 밀었던 탓이었다.

"너 요즘 꽁지 짓 한다며?"

김도사였다. 그는 막 식사를 하고 나오는지 이쑤시개를 물고 있었다.

"예, 친구가 도와달라고 해서요."

"난 네가 그런 일 안 했으면 싶다."

"왜요?"

"그들에게 기회를 준다는 명분이야 좋지만 그건 한 사람의 인생뿐 아니라 그 사람의 가정까지 파괴하는 일이 아니겠니. 날 봐라. 돈 때문에 가족은 물론이고 친구까지 다 잃고 말았잖니. 나 같은 사람이 얼마나 더 생겨야 하겠니."

"하지만 그 사람들은 내가 아니라도 어디에서든 돈을 구할 겁니다. 저는 그들을 돕고 있는 거구요."

"그건 돕는 게 아냐. 그들을 더욱 깊은 수렁으로 밀어 넣는 일일 뿐이야. 너도 기억하잖니. 카지노에서 돈 잃고 자살한 사람들 얘기 말야."

"하지만 나도 돈이 필요해요. 그래서 이 일을 시작한 거구요."

"돈은 누구에게나 필요한 것이지만 그 돈을 벌기 위해 해야 할 일이 있고 하지 말아야 할 일이 있어. 그리고 넌 투사잖니. 투사란 부조리한 세상을 바로잡기 위해 목숨을 거는 사람에게 주어지는 명예로운 이름이야. 그러나 지금의 네 모습은 투사가 아니라 돈 잃은 사람들의 심리를 교묘하게 이용하는 주릅꾼일 뿐이야."

김도사의 말에 나는 아무 대꾸도 하지 못했다. 내가 생각해도 요즘의 내 모습은 투사의 삶과는 너무도 달라보였다. 투사라고 떠벌렸던 지난날이 후회스러울 정도였다. 김도사가 내 표정을 살피더니 "그렇다고 의기소침할 건 없어. 지금의 네가 너의 본 모습은 아니라고 믿고 있으니까" 하고 객장으로 들어갔다.

김도사의 말은 내게 많은 생각을 하게 했다. 나는 더 이상 카지노에 머물지 않고 집으로 갔다. 그리곤 사흘 동안 문밖에도 나가지 않았다. 김도사의 말을 하나하나 되새김질하며 투사로서의 삶에 대해 고민하기 시작했다. 그러나 아무리 생각해도 명쾌한 답은 내려지지 않았다. 투사로서의 삶과 돈을 벌어야 하는 현실에 대한 갈등은 곳곳에서 나타났다.

대포 형이 그런 나를 보며 무슨 일이냐고 물었지만 나는 혼자 있고 싶으니 그냥 내버려두라고 했다. 그렇게 이틀이 더 흘렀고, 그 사이 사북엔 많은 눈이 내렸다. 폭폭 내리는 눈을 바라보며 생각해도 답은 나오지 않았다. 이런 고민을 해결해줄 사람은 민희밖에는 없었다. 민희라면 내 고민을 모른 척 외면하진 않을 것이었다. 나는 눈길을 헤치며 퀸 미용실로 갔다. 그러나 민희는 그날도 출근하지 않았는지 보이지 않았다.

민희를 만나지 못한 나는 다시 집으로 돌아왔다. 어떻게 살아야 하는지에 대한 고민으로 며칠을 그렇게 또 보냈다. 눈이 그친 다음 날 들개가 찾아왔다. 나는 들개에게 몸이 아파 카지노에 나가지 않았다고 둘러댔다. 들개는 나 때문에 영업에 지장이 있다며 다시 손님을 끌어와 주길 부탁했다. 나는 들개의 부탁을 거절하지 못하고 내일부터 일을 하겠다고 했다. 돈을 벌기 위해서라면 김도사의 말씀은 무시해도 좋겠다는 나름의 결론을 내린 후였다.

눈이 녹으며 거리는 제 모습을 흉하게 드러냈다. 오픈을 알리는 유흥업소의 광고지들이 발에 채일 정도로 많이 뿌려져 있었다. 광고지엔 하나같이 벗은 여자들의 사진이 실려 있었다.

사북을 살기 좋은 곳으로 만들어달라고 투쟁한 것이 아니라 먹고 살게 해달라고 투쟁한 결과가 낳은 병폐 중의 하나였다. 먹고사는 것은 곧 자본의 논리였고, 그 자본은 가끔 사북 사람들을 곤혹스럽게 만들었다. 탄가루가 씻겨 내려간 자리엔 어김없이 여관이나 술집이 둥지를 틀었으며 안마시술소 같은 곳도 우후죽순 들어섰다.

퀸 미용실은 손님으로 붐볐지만 민희의 모습은 오늘도 보이지 않았다. 미용실에 들어가 민희의 근황에 대해 물었더니 그만둔 지 닷새나 되었다는 답이 돌아왔다. 나는 곧장 민희네 집으로 달려갔다. 민희네 집은 사람이 사는 집이라고 생각하기 어려울 정도로 조용했다. 가지런히 놓인 민희의 신발만이 그녀의 존재를 확인시켜주었다. 어머니 병간호를 하는지 민희는 한 시간을 기다려도 밖으로 나오지 않았다. 나는 일을 해야 했으므로 더 이상 기다릴 수 없어 카지노로 올라갔다.

객장의 풍경은 여전했다. 잭팟을 알리는 종소리도 그러했고 현금을 지급하며 그 모습을 카메라에 담는 직원의 표정도 여전했다. 하지만 객장엔 잭팟을 터트리며 환호하는 사람보다 탄식하는 사람이 더 많았다.

나는 안면이 있는 사람들과 눈인사를 나누며 객장을 돌았다. 객장엔 고객들로 보이는 이들이 눈에 많이 띄었다. 나는 그들에게 다가가 "돈이 필요하시면 따라 오십시요" 하고 말했다. 지푸라기라도 잡아야 할 만큼 다급한 그들은 내 말에 이끌려 들개가 일하는 전당포로 갔다.

돈을 벌어야겠다고 마음을 정리하고 나니 일하는 데 있어 거리낌이 없었다. 전에는 미안한 감정이 조금은 있었지만 이제는 그마저도 들지 않았다. 김도사도 어쩔 수 없다고 생각했던지 더 이상 내게 말을 걸어오지 않았다. 시간이 지나자 돈이 조금씩 모이기 시작했다. 나는 돈을 모아야 했기에 게임도 하지 않았다. 어리석은 짓은 한 번으로 족하다는 것 정도는 지난 경험을 통해 알 수 있었다.

어느 날인가는 한 남자로부터 은밀한 제안을 받았다. 그는 이미 전당포에 다녀온 경험이 있는 사람이었다. 그는 이제 자신에게 남은 것은 여자밖에 없다며 여자도 맡길 수 없냐고 물어왔다. 내가 대답할 성질의 것이 아니었다. 나는 곧장 들개에게 그런 사실을 전했다. 들개는 흔쾌히 가능하다고 했다. 그 남자는 곧 바로 전당포로 갔고 자신의 여자를 저당 잡히고 돈을 빌렸다.

남자는 약속한 기일 내에 여자를 찾아가지 못했고, 그 여자는 검은 양복을 입은 사내들의 몸 수발을 들다가 결국엔 어디론가 팔려 갔다.

〈올인〉 전당포가 영업을 시작한 지 한 달이 지나면서 그에 따른 부작용이 생겨나기 시작했다. 돈을 갚지 못해 자살한 이의 사연이 신문에 보도되면서부터였다. 사람들도 둘만 모이면 전당포의 횡포에 대해 비난을 쏟아내곤 했다.

들개가 가장 많이 욕을 먹었지만 개중엔 나를 비난의 대상으로 삼는 이들도 있었다. 내게 호의적이었던 사람들이 등을 돌리기 시작한 것도 그때부터였다. 하지만 나는 돈을 벌어야 했기에 그런 비난도 감수해야만 했다.

겨울이 끝나가던 어느 날이었다. 들개가 민희의 집을 아느냐고 물어왔다. 민희의 집을 찾는 이유에 대해 물었더니 뜻밖의 대답이 돌아왔다. 들개의 말인즉슨, 민희가 두 달 전에 자신의 몸을 저당 잡히고 엄마 수술비를 빌려갔는데 이자도 갚지 않고 있다는 것이었다.

나는 민희가 빌려간 돈의 액수를 물어보았다. 들개가 검지를 펼치며 큰 거 한 장이라고 했다. 나는 "천만 원?" 하고 되물었다. 들개가 그렇다며 얼른 민희의 집이나 알려달라고 말했다. 들개의 말은 내게 엄청난 충격으로 다가왔다. 그 충격으로 나는 한동안 말을 잊지 못했다. 들개가 재차 물었을 때에야 나는 정신을 차리며 모른다며 고개를 흔들었다.

들개와 헤어진 나는 민희네 집으로 갔다. 하지만 집은 굳게 잠겨 있었다. 처마 밑에 있어야 할 민희의 신발도 보이지 않았다. 마을 사람들도 민희네 집 사정을 모르긴 마찬가지였다. 민희를 찾아 나서 보았지만 사북에서 민희를 보았다는 사람은 아무도 없었다. 민희와의 돈 문제를 해결하지 못한 들개는 검은 옷을 입은 여자로부터 혼까지 났다며 그녀를 찾기 위해 눈에 불을 켰다.

그렇게 일주일이 흘러갔다. 봄을 재촉하는 비가 내린 다음 날이었다. 민희의 친구로부터 사북역에서 민희를 봤다는 연락이 왔다. 나는 민희의 집으로 달려갔다. 들개가 그 사실을 알면 그냥 두지 않을 것이 분명했기 때문이었다. 그러나 그런 바람에도 불구하고 내가 민희의 집에 도착했을 때 그녀는 이미 검은 양복을 입은 사내들에게 의해 어디론가 실려 간 후였다.

나는 들개를 만나러 전당포로 갔다. 들개라면 민희를 구해줄 수 있을 것이었다. 마침 들개는 전당포에 있었다. 그는 검은 정장을 입은 여자와 무슨 얘긴가를 나누고 있었다. 민희에 관한 이야기가 틀림없는 것 같았다. 나는 할 말이 있다며 들개를 밖으로 불러냈다.

"민희를 풀어줘."

내 말에 들개가 놀란 눈을 하고 "민희를? 너 지금 미쳤어? 그 앤 우리 돈을 떼어먹으려고 했던 아이야" 했다.

"민희가 빌린 돈은 내가 갚겠어."

나는 그동안 모은 돈을 들개에게 내밀었다. 2백만 원이었다. 들개가 영문을 모르겠다는 듯 고개를 갸웃하더니 "늦었어"라며 고개를 저었다.

"늦다니?"

"이미 거래가 끝났어. 지금 그 애를 되찾으려면 1억은 있어야 가능할 거야. 민희와 어떤 관계인지 모르겠지만 포기하는 게 좋아."

민희가 벌써 다른 곳으로 넘겨졌다는 말이었다. 그렇다면 이젠 들개에게 부탁해도 소용없는 일이었다.

"좋아, 민희가 어디로 갔는지 그것만이라도 알려줘."

"너 보기보다 미련하구나. 우리가 언제 그런 거 알려주는 거 봤니? 정신 차리고 카지노에나 올라가 봐."

말을 마친 들개가 담배를 꺼냈다. 담배에 불을 붙이려는 순간 들개의 핸드폰이 울렸다. 전화를 받던 들개가 손을 부르르 떨며 상대에게 "진짭니까?"라고 몇 번이나 되물었다. 상대방이 그렇다고 대답했는지 들개의 얼굴이 검붉게 변했다. 전화를 끊은 들개가 내 손에 있던 돈을 빼앗듯 가져갔다. 그러곤 "너 날 따라와" 하며 내 멱살을 움켜쥐었다.

나는 "무, 무슨 일이야?" 하고 물었다. 들개가 "민희년이 달리는 차에서 뛰어 내렸다는데 뒤따라오던 차를 피하지 못해 그 자리에서 즉사를 했다는구먼. 아까 네가 민희 돈을 갚겠다고 했지? 고맙다. 그 기회를 너에게 주지" 하며 나를 전당포로 데리고 갔다. 나는 슬퍼할 겨를도 없이 들개에 의해 검은 정장을 입은 여자 앞에 무릎꿇림을 당했다.

"이 친구가 민희년 돈을 대신 갚겠답니다."

들개가 내 손에서 빼앗은 돈을 여자에게 건네며 말했다. 여자가 "고마운 일이로군" 하며 5천만 원이 적힌 차용증을 내밀었다. 내용 중엔 빌린 돈을 갚지 못할 경우 신체 전부를 포기한다, 라는 섬뜩한 문구도 보였다. 민희도 이런 내용의 차용증에 사인을 했을 것이다. 그러하니 검은 옷을 입은 이들에겐 돈을 받아내는 것이 더 중요하지 민희의 죽음 따윈 그들에게 중요하지 않을 것이었다.

"사인해."

들개가 말했다. 나는 넋이 나간 표정으로 들개를 올려다보았다. 들개가 "사인하라는데 뭐해 새꺄!" 하며 발을 들어 내 등줄기를 내리 찍었다. 나는 컥, 소리를 내며 바닥에 엎어졌다. 통증이 몰려왔지만 예전의 들개와 나 사이가 그러했었으니 맞는 게 억울하진 않았다. 나는 "민희가 죽었어, 민희가…"라고 중얼거리며 일어났다.

그러곤 들개가 건네주는 펜으로 나동민이라는 이름으로 사인을 했다. 생각해보니 내 이름은 나는 팔삭이도 투사도 아닌 나동민이었다. 잊고 살았던 내 이름 석 자도 이렇게 쓸모가 있구나 싶었다. 나는 내 이름 나동민에게 감사했다.

전당포를 나온 나는 어디로 가야 할지 몰라 잠시 걸음을 멈추었다. 어디로 가야하지? 라고 내 자신에게 묻고 있는데 뒤에서 "야, 새꺄! 카지노 안가고 뭐해?" 하는 들개의 목소리가 들려왔다.

들개는 언제부터인가 나를 투사라고 부르지 않고 야, 새꺄 라고 불렀다. 들개와 나의 사이를 적절하게 표현한 이름이라는 생각이 들었다. 나는 카지노를 향해 걸으며 이렇게 중얼거렸다.

"그래, 오늘부터 내 이름은 팔삭이도 투사도 동민이도 아닌 야, 새꺄이다. 그럼 들개 넌 지금 뭐니? 전당포 보이? 파렴치한 인신매매범?" 끝

돈의 행방

돈의 행방

그믐인데다 첫 한파가 찾아온 탓에 어둠은 일찍 찾아왔다. 자정이 가까운 시간 미등만 켠 승용차 한 대가 조용히 국 영감네 집으로 향했다. 불이 꺼진 국 영감네 집은 개 짖는 소리도 없이 고요했다. 차에서 내린 이들이 국 영감네 집을 다녀오는 중에도 마을에서는 인기척 하나 느껴지지 않았다. 국 영감네 집을 다녀간 승용차가 골짜기를 빠져나갈 무렵 국 영감네 집에 불길이 치솟았다.

국 영감네 집에 불이 났다는 소식이 주민들에게 전해진 건 자정을 넘긴 시간이었다. 소식을 전한 이는 마을에서 반장 일을 보고 있는 최 씨였다. 반장이 전화를 걸었을 때 대부분의 집은 잠자리에 든 시간이었고, 이태 전에 이사 온 전직 은행지점장네만 먼데서 온 손님과 술을 마시느라 깨어 있었다. 잠을 깨운 반장은 "이거 밤늦게 죄송합니다만, 긴급한 상황이라서요"라는 말을 앞머리에 달면서 열 가구 남짓한 주민들 집에 일일이 전화를 걸었다.

반장은 긴급한 상황이라고 했지만, 그의 말투는 화재 소식을 의무적으로 알리고 있다는 게 느껴질 정도로 건조했다. 전화를 받고 있는 주민들도 반장의 그런 마음을 모르는 바는 아니었다. 반장을 포함한 마을 주민 다수가 국 영감과 얼굴을 붉히며 지낸 지 꽤 오래되었기 때문이었다.

전화를 받는 주민들도 건성건성 대하기는 마찬가지였다. 반장과 다른 점이 있다면 불 난 집엘 가봐야 하는 건지 가지 말아야 하는 건지, 아니면 불난 집에 부채질을 해야 하는 건지 고소하다며 웃어주어야 하는 건지에 대한 생각 정도를 보탰을 뿐이었다. 비록 십일월 말이라고는 하지만 밖은 영하 십도 이하로 떨어지는 혹한인 데다 무엇보다 국 영감과는 땅 문제로 이리저리 불편한 일이 많기 때문이었다.

그런 사실을 알고 있는 반장이 전화 끝에 이런 말을 달았다.

"저야 반장이라 가기 싫어도 가봐야겠지만요. 국 영감네 불이 혹시 큰불로 번지지나 않을까 하는 마음에서 연락을 드린 것이니 그렇게들 아세요."

반장이 마지막으로 던진 말에 주민들은 뭔가 번뜩하고 스치는 것이 있었다. 잠결에 전화를 받던 봉달도 반장의 그 말만큼은 귀에 쏙 박혀 자리에서 벌떡 일어났다. 봉달이 옷을 주섬주섬 챙겨 입자 댁내가 한마디 했다.

"이 밤에 옷은 왜 입소?"

"국통이네 집에 가보려고."

"아이고, 속도 좋네. 그 놈의 집구석 타든 말든 건 뭐하러 가!"

봉달의 아내가 한마디 쏘아붙였다. 근래에 국 영감과는 길 문제로 다툼이 있었던 터라 그녀는 국통인지 밥통인지 하는 말만 들어도 열불이 나던 참이었다.

"뭔 소리여. 내가 국통이네 집이 걱정되어서 이런감? 골짜기를 휩쓸고 지나가는 바람소리가 보통이 아닌데다 봄부터 이어진 가뭄으로 인해 마을 전체가 화약고여. 몇 해 전에 양양 낙산사 타는 거 못 봤어? 여기도 성냥불 하나면 양양처럼 온 동네가 불바다가 되는 건 시간문제여."

"에구, 가정집에 난 불이 그렇게까지 번질까!"

"아따 모르는 소리 하덜 말어. 불이 막 날아다니는 거 테레비에서 못 봤는가? 국통이네 집에서 여기까지 멀다고는 해도 순식간이여. 여차 하면 우리도 피난 가야 할지 몰러. 그러니 내 다녀올 동안 댁내도 잠이나 퍼질러 자지 말고 채비 단디 하고 있어. 알았어?"

봉달이 아내에게 다짐을 해놓고 집을 나섰다. 십오 리 어둔 길을 달려 국 영감네 집 인근에 이르니 불길이 하늘로 치솟는 게 보였고, 주변은 소방차와 화재감식 차량과 구급대 차량 등이 뒤엉켜 한바탕 난리를 치르는 중이었다.

"집 규모가 저온저장고에다 창고를 포함하면 자그마치 백 평이 넘는데, 이렇게 작은 소방차가 오면 어떡해! 그것도 꼴랑 한 대로 저 불을 어떻게 끈단 말여?"

국 영감이 발을 동동 구르며 소방대를 향해 소리쳤다.

"마을로 진입하는 길이 좁아서 큰 소방차가 들어오질 못해요!"

무전기를 든 제복 하나가 국 영감에게 소리쳤다.

"그럼 작은 소방차라도 더 와야 하는 거 아뇨!"

"오늘 바람이 심해 벌써 딴 동네로 출동했어요."

"그럼 저 불은 어떻게 끕니까?"

국 영감이 답답하다는 듯 가슴을 쳤다.

"급한 대로 양수기라도 돌려야지 어쩌겠습니까."

제복이 그렇게 소리치곤 대원들을 다그쳤다.

"물이 부족하니 얼른 계곡 물이라도 퍼 올려!"

제복의 명이 있자 대원 두엇이 비상용으로 챙겨 온 양수기를 들고 계곡으로 내려갔다. 잠시 후 양수기 돌아가는 소리가 요란하게 났고, 대원들은 호스를 들고 산으로 올라갔다. 그러나 양수기로 퍼 올린 물의 압력이 약해 화재 진압용으로 쓰기엔 턱 없이 부족해 보였다. 찔찔 나오는 물조차 산으로 향하자 국 영감은 또 다시 가슴을 쳤다.

"아이고 참, 물도 없다면서 불난 집에다 물을 뿌려야지 멀쩡한 산엔 또 왜 뿌려요!"

상황을 지켜보던 국 영감이 우는 소리를 냈다.

"영감님 집이야 이미 불이 붙었으니 천천히 꺼도 되지만 산은 사정이 달라요. 만약 저 불이 산으로 옮겨 붙으면 이 마을이 잿더미가 될 건데, 영감님이 책임지실 겁니까?"

제복을 입은 소방관이 버럭 언성을 높였다.

"마을 땅의 구십 프로가 내 땅이었으니 마을은 걱정 말고 집부터 꺼줘요. 집에 꼭 건져야 할 게 있단 말이에요. 예?"

국 영감이 울상이 된 얼굴로 제복의 팔에 매달렸다.

"영감님, 화재 현장에서의 진압작전은 우리가 짜는 거지 영감님이 짜는 게 아닙니다. 그리고 우리는 공공의 재산을 지키는 일이 먼저이지 영감님 금붙이나 찾아주려고 출동한 게 아니란 말입니다. 사정이 그러하니 많이 아쉽겠지만 집은 포기하는 게 좋을 겁니다."

제복을 입은 소방관이 손을 휘휘 저으며 말했다.

"집을 포기하라니요. 난 그렇겐 못 해요! 그러니 집부터 꺼줘요. 예?"

"허, 말귀를 못 알아들으시네. 저 상황을 봐요, 불을 끄게 생겼나. 설령 안에 사람이 있다고 해도 저런 상황에선 포기하는 겁니다. 아셨어요!"

제복이 국 영감네 집을 가리키며 소리를 질렀다. 그때 집안에서 뭔가가 터지는지 펑펑 하고 소리가 나더니 불길은 더욱 치솟았다. 그 모습을 본 국 영감은 "아이고! 저걸 어째!" 하며 제복 입은 사람이라면 아무나 붙잡고 불 좀 꺼달라고 애원을 했다. 국 영감이 이 사람 저 사람에게 매달리는 순간에도 집 안에서는 폭발물 터지는 소리가 이어졌다. 상황이 긴박하게 돌아가자 무전기를 든 제복이 전방에 나가 있던 대원들에게 일선 후퇴를 명했다. 명을 받은 소방관들이 몇 걸음 물러나는 순간이었다. 펑, 하는 소리가 지축을 흔들 정도로 크게 나는가 싶더니 함께 솟구친 불덩어리 하나가 산자락으로 날아갔다.

"어어, 불이 산으로 올라가면 안 되는데!"

상황을 지켜보던 제복이 "아휴 참. 영감님, 우리 대원들 지금 작전 중입니다. 불을 끄시려면 양수기라도 빌려 오시던가 아니면 귀찮게 하지 말고 제발 저리 좀 비켜요!" 하고는 산으로 뛰었다. 개울에서 끌어올린 물 호스를 들고 산으로 뛰는 사람과 무전기를 들고 소리치는 사람이 어둠 속에서 서로의 몸을 부딪치며 나뒹구는 사이 국 영감은 흙바닥에 자빠졌고, 제복을 입은 소방관들과 면 자율소방대 대원들은 "산! 산! 산으로 올라가는 불길을 막아!" 라고 소리치며 이리 뛰고 저리 뛰었다.

상황이 급박하게 돌아가고 있음에도 국 영감은 집에 대한 미련을 버리지 못했다. 국 영감이 "아이고 내 돈! 내 돈!" 하며 땅바닥을 치고 있는데, 골바람이 휘익 불어왔다. 바람을 탄 불길은 더욱 거세졌고, 제복을 입은 대원들의 움직임 또한 빨라졌다. 모두가 분주하게 움직이는 시간, 국 영감의 눈에 불구경을 하고 있던 마을 반장의 모습이 들어왔다. 자리에서 벌떡 일어난 국 영감은 구세주라도 만난 듯 반장에게 달려갔다.

"최 반장, 나 좀 살려줘…."

"상황을 보니 도와줄 것도 없어 보이는구먼요."

"도와줄 게 없기는. 내가 직접 불을 끌라고 하니 어디 가서 양수기라도 좀 빌려다 주시게 응?"

"허, 나 같은 반장이 뭔 힘이 있다고 이 밤중에 어디 가서 양수기를 빌려요. 영감님이 신으로 모시는 황사기에게나 부탁해보세요. 그 사람이라면 소방차 몇 대 정도는 불러 올지 압니까."

반장이 고개를 설레설레 흔들었다.

"황 판사가 지금 연락이 안 돼. 그러니 최 반장이 나 좀 도와줘. 제발…"

"부탁할 걸 하셔야지요. 마을 사람들을 등 돌리게 만든 게 영감님인데 이제 와서 도와달라고 하면 누가 도와준답니까. 턱도 읎지요."

반장의 말이 매몰차게 돌아왔다.

"아무리 그래도 집이 불타는데, 저대로 보고만 있을 건가? 미우나 고우나 한 마을에 사는 사람으로서 불은 꺼줘야지."

"허, 영감님 때문에 마을이 풍비박산이 나고 엄한 사람까지 죽었는데 그깟 집이 문제간디요."

사람이 죽었다는 반장의 말에 국 영감은 더 이상 말을 잇지 못하고 한숨만 푹 내쉬었다.

지난여름, 마을에 흉흉한 일이 벌어졌다. 마을 주민 하나가 국 영감네 땅에서 농약을 먹고 자살한 일이 벌어진 것이었다. 시신은 아침에 발견되었고, 품에서는 국 영감을 원망하는 내용이 가득 들어 있는 유서가 발견되었다. 자살한 사람은 국 영감과 토지 사용 승낙에 관한 문제로 다투다 자살을 했는데, 국 영감이 자살자의 집으로 통하는 길을 자신의 땅이라며 막은 데 원인이 있었다. 길 문제로 갈등을 빚던 자살자는 자신의 집으로 통하는 길이 막히자 국 영감을 상대로 소송을 진행했지만 패했고, 진출입로가 끝내 봉쇄되어버리자 화를 참지 못하고 목숨을 끊고 말았다.

당시만 해도 소문만 무성하던 대규모 휴양리조트가 마을 인근에 들어서기로 확정이 된 상태였고, 마을의 땅값 또한 하늘 높은 줄 모르고 오르던 시점이었다. 그 무렵 국 영감은 마을에 있는 자신 소유로 되어 있는 땅을 모두 매물로 내놓았는데, 땅을 사려는 외지인들이 하루에도 몇 차례씩 마을을 훑고 지나갔다. 그들 중에는 부동산 개발업자도 있고 외제 승용차를 탄 이들도 있었다. 부동산 개발업자들은 주로 규모가 큰 땅이나 계곡을 끼고 있는 땅을 다량 구매하여 땅값을 몇 배로 올려 먹으려는 사람들이었고, 승용차를 타고 온 이들은 대개 조용한 별장 부지를 찾는 쪽이었다. 어느 쪽이든 국 영감네 땅은 거의 계곡을 끼고 있어 인기가 좋았다. 더구나 땅값이 더 오를 것이라는 기대감까지 있어 땅은 내놓는 족족 팔렸다.

땅이 팔리면서 여기저기에서 분쟁이 일어났다. 분쟁의 원인은 전부 국 영감으로부터 나왔으며 국 영감이 매매한 땅과 관련이 있었다. 국 영감은 땅을 팔면서 길을 이리저리 돌려 주민들이 사용하던 길이 없어지게 하거나 자신의 맹지 땅을 길을 내어주겠다며 매매한 이후 소송을 진행하여 땅을 산 사람과 길을 사용하던 주민 모두에게 피해를 입히곤 했다.

국 영감으로 인해 마을엔 소송과 고소고발이 난무했고, 주민들은 하루가 멀다 하고 경찰서나 법정에 출두를 해야 했다. 그 일로 주민들과 국 영감과의 관계는 회복이 불가능할 정도로 악화되었고, 어쩌다 길에서 마주쳐도 서로 욕설을 하면서 헤어지기 일쑤였다. 일흔이 넘은 국 영감이 그렇게까지 하기에는 국 영감의 일을 봐주는 숨은 조력자가 있었다. 그는 마을에서 유일하게 국 영감과 친분을 유지하고 있는 자로 주민들은 그를 황사기라고 불렀으나 국 영감은 그를 대할 때면 언제나 황 판사라고 불렀다. 황 판사는 얼마 전부터 대전 어디에서 조폭 활동을 했다는 똘마니 하나와 지내고 있었는데, 가끔은 깍두기 머리를 한 젊은이들을 집으로 오게 하여 자신들의 위력을 과시하기도 했다. 그 때문에 주민들은 괜한 일에 엮이는가 싶어 황 판사와는 말도 섞지 않았다.

황 판사가 처음 마을에 왔을 때만 해도 누구는 전직 법원 공무원이었다고 하고 누구는 변호사 사무장 노릇을 했다고 말하지만, 그가 어디에서 살았고 전직 또한 무엇이었는지 정확하게 아는 사람은 없었다. 이런저런 설만 무성하던 그 시절, 어느 날부터 황 판사가 보이지 않았다. 집은 자물쇠로 채워져 있었고, 일 년이 지나고 이 년이 지나도 황 판사는 나타나지 않았다. 시간이 흐르자 사람들의 머릿속에서도 황 판사란 존재는 서서히 잊혀져갔다. 누구도 황 판사를 입에 올리지 않을 무렵 황 판사가 마을에 나타났다. 그가 떠난 지 만 삼 년이었고, 살집이 통통하게 불은 모습이었다. 그는 길에서 마주친 마을 사람들에게 사업차 외국에 나가 있었다고 했지만, 정작 마을에는 그가 사기를 치다가 잘못되어 감옥에 다녀왔다는 소문이 더 많이 돌았다. 마을로 돌아온 황 판사가 가장 먼저 한 일은 국 영감과의 친분 쌓기였다. 이태 전의 일이었고, 마을에 리조트가 들어선다는 소문이 돌기 시작한 때였다.

노회한 국 영감은 무식한 데다가 가진 게 땅밖에 없는 사람이었다. 어쩌다 땅은 물려받았지만 자신의 땅이 어디에서부터 어디까지 있는지도 모르는 청맹과니였다. 집에는 등기장이 굴러다녔고, 누군가 등기 한 장을 가지고 간다 해도 잃어버렸는지조차 모를 정도였다. 그때 황 판사가 나타나 국 영감을 찾아간 것이었다.

"영감님, 이렇게 하시다간 땅 다 날려요. 제가 봐 드릴게요."

땅을 날린다며 겁을 주는 황 판사에게 국 영감은 넙죽 엎드리며 "아이고, 그러믄 고맙지요" 했다. 이미 법원 공무원이다 변호사 사무장이다 하는 소문은 국 영감도 들은 터였다. 몇 가지 일을 시켜보니 복잡한 서류를 척척 만들어주는 황 판사가 국 영감도 좋았다. 무엇보다 땅을 매매하려면 읍내에 있는 법무사를 이용해야 하는데, 그 비용을 줄일 수 있다는 생각이 국 영감에겐 더 매력적인 일이었다.

"영감님, 땅이란 건 말 한마디에 수천만 원에서 몇 억이 왔다 갔다 합니다. 그러니 앞으로 땅을 파실 적엔 영감님이 가격을 정하지 마시고 반드시 저를 통해서 파세요. 그래야 땅값도 제대로 받고 세금도 덜 냅니다. 아셨죠?"

황 판사의 말에 국 영감은 "그래주면 고맙지만 하는 사업도 바쁠 텐데 그런 일까지 하게 해도 될까?"라고 되물었다.

"그럼요. 한 동네 사는데 그런 일 정도야 도와드려야지요."

그날 밤 두 사람은 닭백숙을 끓여놓고 오랜 시간 술을 마셨다. 술자리가 끝날 즈음, 국 영감은 황 판사가 내민 계약서에 도장을 찍었다. 계약서엔 국 영감이 황 판사를 법적대리인으로 선임한다는 내용과 국 영감 소유의 부동산 일체는 법적대리인인 황 판사를 통해서만 매매할 수 있다는 내용 등이 포함되어 있었다. 황가가 마을로 돌아온 지 보름 만에 생긴 일이었다. 그날 이후 국 영감네 땅은 반드시 황 판사의 손을 거쳐야 거래가 되었고, 각종 소송과 관련된 일 또한 황 판사의 주도로 진행이 되었다. 국 영감네 땅에서 자살을 한 자살자와 벌인 소송에서 이긴 것도 황 판사가 만든 작품이었으니 국 영감에게 황 판사는 판사를 넘어 신과 다름없는 존재였다.

산으로 옮겨 붙었던 불이 소방관들에 의해 진압이 되었다. 화재 현장 인근에 모여 상황을 지켜보던 마을 주민들은 그제야 안도의 숨을 내쉬며 각자의 집으로 전화를 걸었다. 불이 대충 잡혀가니 기다리지 말고 자라는 내용들이었다. 소방대원들이 산으로 이동하여 불을 끄는 동안 국 영감은 황 판사만 찾았다. 황 판사라면 이 상황을 어떻게든 정리할 수 있을 것이었다. 하지만 전화를 몇 번이나 걸어도 황 판사는 전화를 받지 않았다. 자신의 휴대폰이 문제가 있나 싶어 다른 이의 휴대폰으로 걸어보았지만 신호만 갈 뿐 통화는 여전히 되지 않았다.

'이 양반이 깊은 잠에 들었나?'

국 영감은 그렇게 생각하며 음성메시지를 남겼다.

- 황 판사, 지금 집에 불이 나서 다 타고 있으니 빨리 좀 와줘. 응?

새벽이 되자 골짜기를 휩쓸던 바람은 잦아들었다. 다행이다 싶었지만 문제는 추위였다. 소방차의 물은 진즉 떨어졌고, 계곡의 물도 가뭄으로 인해 고이는 속도가 느렸다. 더구나 기온마저 급격히 떨어지면서 고인 물에 얼음조각이 생겨나기 시작했다. 얼음이 찬 물은 아무리 발전기를 돌린다 해도 호스로 빠져나가지 못하고 막히기 일쑤였다. 소방관들이 얼음이 쏟아지는 호스를 바라보며 허탈한 표정을 짓고 있는 사이 국 영감네 집 지붕이 와르르 무너져 내렸다. 그 때문에 잠시 소강상태에 있는 불길이 다시금 피어올랐고, 자욱한 연기와 불길 속에서 대원들은 하나둘 지쳐갔다. 그 모습을 본 제복이 본서에다 소방차와 인력 지원을 거듭 요청했으나 시간이 지나도 소방차와 대원들의 충원은 없었다.

불길이 다시 치솟자 국 영감은 망연자실하여 그 자리에 주저앉았다. 국 영감이 넋을 잃은 채 눈물을 훔치고 있는 시간 인근에 모인 마을 주민들은 국 영감네 화재상황을 지켜보고 있었다.

"불은 왜 났다고 하는가?"

주머니 깊숙이 손을 찔러 넣은 채 국 영감네 집을 바라보던 봉달이 전직 경찰에게 물었다.

"아궁이에 군불 때다가 옮겨 붙은 거 아닐까요? 전에 보니 아궁이 주변이 검불이다 뭐다 너저분한 게 불나기 좋게 생겼더만요."

"근데 국통이와 찰떡같이 붙어 다니던 황사기 놈이 왜 안 보이네. 벌써 달려왔어야 하는 거 아냐?"

"국통이네 국물이란 국물은 다 빼 먹었을 텐데 뭐하러 와요. 들리는 말로는 국통이가 내놓은 땅이 어제부로 다 팔렸다고 하던데요."

"그래? 그럼 국물이야 황사기가 처먹었다고 치고. 국통이는 뺏다구를 얼마나 챙긴 거여? 내놓은 땅이 솔찬하잖어?"

"그거야 모르죠. 들리는 말로는 황사기는 땅을 팔면서 반드시 이중계약서를 쓰곤 하는데, 양도세를 적게 내려고 돈도 꼭 빳빳한 오만 원권 현금으로만 받는다네요. 그 현금 다발을 건네주면 국통이가 그렇게 좋아한다고 황사기가 어느 술자리에서 말했다는 소릴 들은 적은 있어요."

"허, 재밌구먼. 내가 알기론 국통이가 은행 거래를 전혀 안 하는 걸로 아는데, 그럼 국통이는 그 많은 돈을 어디다 두는 겨?"

"낸들 압니까."

"전직 경찰이라며 그 정도도 몰라? 내 친구는 전직 금감원 출신인데, 은행권에 들어간 돈의 흐름이 어떻게 돌아가는지 말만 들어도 금방 알던데?"

"형님도 참, 제가 국통이네 집에다 도청장치를 달아놓은 것도 아니고 압수수색을 한 것도 아닌데 남의 집 사정을 어떻게 알겠어요. 다만 황사기가 국통이에게 요즘 유행한다는 작고 예쁜 금고 하날 선물했다는 이야긴 들은 적이 있네요."

"작고 예쁜 금고?"

"그렇다니까요."

"허, 그렇다면 지금 저 불길 속에 금고가 있다는 얘긴가?"

"말이 그렇게 되나요?"

전직 경찰이 국 영감네 집을 바라보며 어이가 없다는 표정을 지었다.

면 자율방범대원들이 어디서 구해왔는지 양수기 석 대를 계곡에 댔다. 계곡 지리를 잘 아는 대원들은 얼음 없는 물웅덩이를 찾아냈고, 곧장 물을 끌어 올렸다. 호스를 타고 간 물이 국 영감네 집으로 동시에 쏟아지자 잿더미가 주변까지 퍼졌다. 연기와 잿더미가 번지자 일대는 연무가 낀 듯 시야조차 확보되지 않았다. 소방관들이 헬멧을 벗어 잿가루를 지워내는 사이 검은 물체가 불덩이 속으로 들어가는 것이 보였다.

"어어, 저거 누구야! 당장 끌어내!"

무전기를 든 제복의 고함에 소방관들의 시선이 검은 물체로 쏠렸다. 순식간에 벌어진 일이라 소방관들은 어어, 하고 탄식만 뱉을 뿐 움직일 생각을 하지 못했다. 소방관들은 검은 물체가 완전히 불 속으로 들어가고서야 정신을 차렸는데, 때는 이미 늦어 말릴 수도 끌어낼 수도 없는 상황이 되었다. 불 속으로 들어간 검은 물체는 쓰러진 지붕을 들추며 무언가를 찾았다. 불길이 몸을 휘감아도 그 행동을 멈추지 않았다. 불길 속으로 뛰어든 검은 물체가 집주인인 국 영감이라는 사실을 알아차린 건 그 무렵이었다.

"어어, 저 영감님이 죽고 싶어 미쳤나? 이봐요, 당장 나와요!"

무전기를 든 제복이 검은 물체를 향해 소리쳤으나 국 영감은 자신의 행동을 멈추지 않았다. 당황한 제복이 무전기를 켜며 대원들에게 명했다.

"소화기와 호스를 잡고 있는 대원들은 전원 영감님에게 집중한다. 실시!"

제복의 명이 있자 대원들이 국 영감에게도 물과 소화액을 뿌리기 시작했다. 물과 소화액이 집중되자 국 영감에게 붙은 불이 꺼지면서 주변의 불 또한 잡히기 시작했다. 주변이 정리되자 제복은 대원 둘을 호명하며 지금 당장 국 영감을 구출하라는 명을 내렸다. 명을 받은 대원 둘이 불길로 뛰어들자 구급대 대원들이 들것을 들고 달려왔다. 국 영감은 잠시 후 대원들에 의해 구출되었고, 이내 구급차에 실려 병원으로 후송되었다.

국 영감네 집을 태운 불은 아침이 되고서야 꺼졌다. 긴 밤을 보낸 소방대원들은 지친 몸으로 마을을 떠났다. 하늘은 곧 눈이라도 내릴 듯 잔뜩 흐려 있었다. 바람은 잔잔했으나 영하의 날씨는 여전했다. 불이 꺼진 국 영감네 집 주변은 마치 폭격이라도 맞은 듯 흉하기 이를 데 없었다. 흐린 해가 뜨자 화재감식반이 다녀갔다. 현장을 이리저리 둘러보던 그들은 집이 전소된 데다 현장이 훼손되어 있어 발화점을 찾기 힘들다고 말했다. 이어 도착한 경찰은 집 안을 뒤져 형체를 알아보기 힘들 정도로 찌그러진 철제 금고 하나를 찾아냈다. 금고는 문짝이 분리되어 있었으며 안은 텅 비어 있었다. 금고를 수습한 경찰마저 떠나자 최 반장은 굴삭기를 불러 현장을 정리하기 시작했다.

"어이, 금덩이라도 나올지 모르니 두 눈 크게 뜨고 일해. 알았어?"

반장이 굴삭기 기사에게 농담을 던지고 있는데, 면사무소에서 담당 직원이 나왔다.

"아이고, 집주인께서 병원에 계시니 반장님께서 나오셨네요."

담당이 반장에게 음료수 박스를 건네며 악수를 청했다.

"마을에서 보기 싫다고 하니 나라도 나서야지 어쩌겠어요."

"국 영감님은 괜찮으시답니까?"

"불길 속으로 뛰어 들어가 큰일이라도 당하지 않았나 했는데, 생각보다 상처가 심하진 않다고 합니다. 곧 일반 병동으로 옮긴다니 그나마 다행스런 일이지요."

"아무튼 마을에 큰 사고가 생겨 반장님께서 마음이 무겁겠습니다. 반장님께서 놀란 주민들을 잘 위로해주셔야겠습니다."

"그래야겠지요."

담당이 현장 사진 몇 컷을 찍고 떠나자 이번엔 적십자사에서 구호 물품이 든 보따리를 들고 왔다. 반장에게 구호품을 맡긴 그들은 매캐한 냄새를 견디지 못한 채 마을을 서둘러 떠났다. 아침 시간이 지나자 마을 사람 몇이 화재 현장을 보러 왔다.

"아고, 고철만 해도 몇 트럭은 나올 듯싶네요. 저걸 언제 치운대요?"

오래전 고물상을 했다는 권 씨가 주변을 둘러보며 말했다.

"허허, 개 눈엔 똥만 보인다더니 권 씨 눈엔 고물만 보이나 보네."

전직 경찰이 한마디 했다.

"개똥은 거름으로나 쓰지 요즘은 고철값이 똥값이라 운반비도 안 나와요."

권 씨가 고개를 저으며 말했다.

"아참, 황사기가 보이지 않던데 누구 본 사람 있어요?"

반장이 주민들을 둘러보며 물었다.

"들리는 말로는 국통이네 집에 불이 나는 날 마을을 떠났다고 하던 걸."

"누가 봤대요?"

"들리는 말이 그래. 국통이네 땅을 마저 파는 날 황사기도 깔고 앉아 있던 집을 팔았다고."

"그게 뭔 소리래요?"

반장이 이해가 되지 않는다는 표정을 지었다.

"나도 잘 몰러. 들리는 말이 그렇더라니까. 황사기가 국통이 돈을 제대로 해먹고 떠났다고 말야."

전직 경찰의 말에 다들 그게 무슨 소린지 고개를 갸웃했다.

경찰서로 돌아간 담당 형사는 화재 현장에서 수습한 금고를 국과수에 보내 감식을 의뢰했다. 국 영감네 화재가 자연 발생이나 단순한 실화가 아닌 원한이나 금품을 노린 방화일 수도 있다는 판단에서였다. 국 영감은 초기 진술에서 아궁이에 불을 넣은 것은 맞지만 아궁이 단속을 하고 잠들었다고 했으니 자연 화재나 실화일 가능성은 적었다. 마침 그날은 땅을 마지막으로 판 날이고 금고엔 돈이 가득 들어 있었다. 누군가 금고에 손을 댄 후 불을 질렀다면, 그것은 돈을 노린 계획적인 범죄로 귀결이 된다. 하지만 발화점은 발견되지 않았고, 금고는 문이 열린 채 텅 비어 있었다. 다발로 묶인 돈은 불에 탄다 해도 흔적을 남기게 마련인데, 현장에서 지폐가 탄 흔적은 발견되지 않았다. 그렇다면 돈을 노린 방화라고 봐야 하는 것인데, 그 답은 금고에서 나와야 할 것이다.

만약 금고에서 어떤 단서도 발견되지 않으면 이 사건은 미궁에 빠질 우려가 높지 않은가.

생각을 정리한 담당 형사는 국 영감과 관련된 인물을 살펴보았다. 땅 문제로 여러 종류의 소송이 진행되었다는 건 서(署) 내에도 널리 알려진 일이니 자료를 구하는 데 어려움은 없었다. 담당 형사는 먼저 국 영감과 소송을 벌였던 인물들을 추려내 그들의 이력을 추적했다. 소송에 진 후 자살한 사람 말고는 모두 한 마을에 사는 사람들이라 그들에 대한 조사는 순조롭게 진행되었다. 담당 형사는 마을을 돌며 한 사람씩 대면 조사까지 했으나 그들에게선 그 어떤 혐의점도 발견할 수 없었다.

이제 남은 사람은 국 영감과 마지막까지 돈 거래를 한 황 판사였다. 하지만 국 영감네 집에 불이 난 시각 그는 이미 서울에 도착해 있었다고 진술했고, 그의 말은 맞았다. 그러하니 그 또한 범죄에 관한 혐의점은 없는 것으로 봐야 할 것이다. 담당 형사는 내친김에 황 판사와 함께 지냈던 똘마니까지 추적을 해보았으나 그 역시 그날 밤 장례식장에 있었다는 것이 장례식장에 있는 시시티브이로 확인이 되었다.

국 영감의 주변인에 대한 조사를 마칠 즈음 감식 결과가 도착했다. 국과수에서 보낸 감식 결과는 금고가 누군가에 의해 파손된 것이 아니라 '고열에 의해 파괴된 것으로 판단됨'으로 되어 있었다. 담당 형사 입장에서 보면 실망스러운 일이 아닐 수 없었다. 금고에서 아무런 단서를 발견하지 못한 담당 형사는 "국 영감이 눈 뻔히 뜨고 당했구먼" 하며 풀썩 웃었다.

이튿날 담당 형사는 국 영감이 입원해 있는 병원으로 갔다. 화상을 입은 국 영감은 온몸에 붕대를 감고 있었으나 말하는 데는 크게 지장이 없었다.

"영감님, 금고엔 아무 것도 없던데요?"

"형사님, 그럴 리가 없어요. 제가 넣어둔 돈만 해도 십억이 넘는다구요. 예?"

"화재 현장을 샅샅이 뒤져봤는데요. 돈이 탄 흔적도 보이지 않았어요."

"그럼 그 돈이 어디로 갔단 말이에요?"

국 영감이 울상을 지으며 말했다.

"글쎄요. 그게 참 이상하긴 합니다만, 심증만 있고 물증이 없으니 저희로서도 더 이상 할 수 있는 일이 없네요."

담당 형사가 머리를 긁적이며 말했다.

"심증은 뭐고 물증은 또 뭐요?"

"심증이야 누군가 돈을 가져갔다는 것이고 물증은 돈을 가져간 것에 대한 증거인데, 그 증거가 없어요. 우리는 증거가 있어야 수사를 진행할 수 있거든요."

"누군가 돈을 가져갔다면 그놈을 잡아다 족치면 되잖아요."

"그것도 증거를 들이대면서 족쳐야지 그냥 족치다 보면 제 목이 먼저 댕강 떨어집니다. 그러니 안타깝지만 이번 수사는 이쯤에서 종결해야 할 듯싶습니다."

담당 형사의 말에 국 영감이 "아이고 형사님, 제 전 재산이 걸린 문젭니다. 좀 살펴주세요. 예?" 하며 울먹였다. 담당 형사가 자신도 그러고 싶지만 달리 할 일이 없다며 병원을 나섰다.

골짜기에 눈이 폭폭 내리는 날 마을 주민 몇이 모여 술잔을 기울이고 있었다.

"내 현장을 아무리 뒤져봐도 돈이 탄 흔적은 없던데, 국통이 돈은 대체 어디로 간겨?"

술잔을 비우던 봉달이 고개를 갸웃했다.

"누군가 훔쳐갔다고 하잖어요."

전직 경찰이 봉달의 잔에 술을 채우며 말했다.

"누가 그래?"

"들리는 말이 그래요. 그날 밤 누군가 와서는 금고를 바꿔치기 했다고요. 빈 금고가 탔는데, 돈 탄 흔적이 남아 있을 리가 있나요."

"금고를 바꿔치기해? 누가 그래?"

"형님도 참. 들리는 말이 그렇더라고요. 누군가 돈이 들어 있는 금고를 들고 가고 그 자리에다 돈이 들어 있는 금고와 똑같이 생긴 놈을 놓고 갔다고요. 그러니 현장에서 돈 탄 흔적을 발견하지 못하는 건 당연한 일이지요."

전직 경찰이 담담한 어조로 말했다.

"그 누군가가 누군데?"

봉달의 말에 전직 경찰이 "참나 형님도. 국통이네 금고가 어떻게 생겼는지 아는 놈이겠지 누구긴 누구겠어요" 하곤 창밖으로

시선을 던졌다. 눈은 계속해 내리고 있었고, 어디선가 꿩 울음소리가 길게 이어졌다. 끝

양아치

양아치

양아치가 죽었다!

오토바이 소리와 함께 들려온 송 반장의 외침에 마을은 일순간 정적에 휩싸였다. 어떤 사람은 아침밥을 뜨던 중이었고, 어떤 사람은 쟁기를 들고 텃밭으로 나가던 참이었다. 또 어떤 사람은 읍내 농약상으로 가기 위해 트럭에 오르던 중이었고, 근래에 과부가 된 아낙은 빨래를 너는 중에 양아치가 죽었다는 소리를 들었다. 긴 골짜기를 따라 열 가구 남짓이 이웃하여 살고 있는 자작나무골은 오래전부터 자작나무가 많아 얻게 된 지명인데, 주민들 심성 또한 자작나무를 닮아 모난 이가 없었다. 그랬던 마을이 고소고발과 분란의 중심에 서게 된 것은 마을에서 삼십 리 떨어진 본동마을에 대규모 국책사업이 삽을 뜨면서부터였다. 따지고 보면 몇 천억이 투자되는 국책사업도 그렇고 이장 탄핵이라는 것도 자작나무골과 상관은 없는 일이었다. 행정구역상으로 한 리에 속하는 것일 뿐 본동마을과는 문화적인 차이가 컸고 무엇보다 거리가 멀어 자주 만날 기회조차 없는 사람들이었다. 더구나 국책사업으로 인해 땅값이 오른 것도 본동마을이고 구불구불하던 국도가 곧게 펴지는 곳도 본동마을이었다. 본동마을이 그렇게 상전벽해를 이루고 있다 해도 자작나무골의 비포장 길은 여전했고, 산자락에 기대어 나물이나 뜯으며 살아가는 자작나무골 사람들 형편 또한 나아지지 않았다. 그럼에도 자작나무골 사람들이 마을 일에 나설 수밖에 없었던 이유는 국책사업이 진행되면서 받게 된 마을 보상금 수령 과정과 관련하여 생긴 각종 고소 고발에 이어 비리 혐의가 있는 현직 이장 탄핵이라는 초유의 사태 때문이었다. 그 일은 대부분 양아치와 이장이 관련된 일이어서 주민들은 양아치가 죽었다는 소리를 듣는 순간 살았다는 듯 큰숨을 몰아쉬었다.

먼지를 뽀얗게 일으키며 마을길을 관통하던 송 반장의 오토바이는 자작나무골에서 몇 대째 살고 있는 최 씨네 집 마당에서 멈추었다.

"형님, 양아치가 죽었어요!"

"양아치가?"

축사를 나서던 최 씨가 놀란 표정으로 되물었다.

"예, 그렇다니깐요."

송 반장은 산으로 고사리를 꺾으러 갔던 백 씨가 뒷산 소나무에 목을 맨 채 죽어 있던 양아치를 발견했고, 그 소식을 마을 사람들에게 전하고 있는 중이라 했다.

"경찰엔 신고를 했는가?"

"신고하려고 형님 댁에 왔잖아요. 자작나무골에서 휴대폰이 터지는 곳이 여기 뺀이 더 있는감요."

송 반장이 시동을 끄며 휴대폰을 꺼내 들었다. 그가 경찰서와 면사무소에 전화를 걸어 양아치가 죽었다는 사실을 알리는 사이 마을 사람 몇이 최 씨네 집으로 모여 들었다.

"양아치가 죽었다는 기 사실이나?"

"그렇다니깐요!"

"양아치가 죽어 있는 걸 봤는가?"

"제가 직접 본 건 아니고요. 백 씨 아재가 고사리를 꺾으러 산에 갔다가 내려오던 길에 소나무에 걸려 있는 양아치를 보곤 혼비백산해서 우리집엘 오셨다라구요."

"그 양반 요즘 눈에 침침해서 아무 것도 보이지 않는다고 하더만, 혹시 지난겨울에 부러진 설해목을 보고 그러는 거 아니나?"

"에이, 아무리 그래도 설해목과 목매달아 죽은 사람을 구분하지 못하려구요."

송 반장이 고개를 흔들며 말했다.

'허, 그렇담 양아치가 죽었다는 기 사실이라는 말 아닌가. 이거 춤이라도 춰야 할 듯싶은데 아침이라서 그런지 실감이 잘 안 나네.'

자작나무골 주민이 양아치가 죽었다는 곳을 바라보며 중얼거렸다.

경찰이 마을에 도착한 것은 송 반장의 신고가 있은 후 한 시간이 지나서였다. 정복을 입은 경찰이 탄 순찰차가 한 대 수사 형사와 과학수사대 요원을 태운 승합차가 한 대, 뒤 이어 소방서 차량인 구급차 한 대가 자작나무골로 들어왔는데, 그들은 송 반장의 안내를 받아 양아치가 목을 맸다는 곳으로 올라갔다. 송 반장을 따라 주민 몇이 따라붙었는데, 적송 가지에 목을 맨 채 죽어 있는 양아치를 보곤 다들 못 볼 걸 보았다는 듯 몸서리를 쳤다.

현장에 도착한 경찰은 폴리스라인을 알리는 노란 테이프로 주변부터 둘러쳤다. 이어 과학수사대 요원들이 현장을 감식했고, 동공이 풀린 채 게거품을 물고 있는 양아치를 조심스럽게 내렸다. 수사대 요원들은 시신의 상태를 이리저리 살피며 사진을 찍더니 소방대원에게 시신을 옮겨도 된다고 말했다. 요원의 말에 대기하고 있던 소방대원들이 양아치를 들것으로 옮겼다. 잠시 후 양아치는 흰 천으로 덮여 마스크를 쓴 소방대원들에 의해 마을로 들려 내려왔고, 구급차에 실려 어디론가 떠났다. 그 모습을 지켜보던 주민들이 미간을 찌푸리며 한마디씩 주고받았는데, 양아치가 생전 어떤 삶을 살아왔는지 짐작할 수 있었다.

"에이, 개누무 시키. 기왕 죽으려면 딴 동네 가서 죽을 것이지 자작나무골엔 왜 와서 죽어."

"그러게 말여. 살아서 그렇게 지랄하더니 죽어서까지 우릴 괴롭히는구먼."

"하이고, 그래도 저놈이 죽었다니 십년 묵은 체증이 쑥 내려가는 거 같은 걸."

주변을 탐문하던 수사 형사가 최초 목격자인 백 씨에게 물었다.

"어르신, 시신을 처음 목격한 게 몇 신지 기억하세요?"

"그기요. 내가 아침 여섯시에 산에 올랐다가 고사리를 꺾고 내려오던 길이었으니 아매도 여덟시는 되지 않았나 싶네요. 그 사람 시신을 보고 부리나케 내려오니 집 마당에 해가 들기 시작했거들랑요."

이번엔 송 반장에게 물었다.

"저 사람 이 마을 분은 아니죠?"

"그렇습죠. 이태 전부터 본동에 주소를 두고 있었는데, 이 마을엔 왜 와서 죽었는지 모르겠네요."

"그 전에는 어디 살았습니까?"

"읍내에 살다가 공사 이권을 노리고 본동으로 왔다는 이야길 들었어요."

형사가 수첩에 메모를 하며 양아치가 목을 맨 소나무를 올려다보았다.

"자살이죠?"

곁에 있던 황 씨가 형사에게 물었다.

"목을 맸으니 자살로 보아야 하겠지만 몇 가지 의문점도 있고 하니 정확한 사인은 시신을 부검해봐야 알 수 있을 것 같습니다."

부검이라는 말에 주민들이 서로의 얼굴을 바라보며 고개를 갸웃했다.

"자살이라는 거여 타살이라는 거여?"

"시신을 부검해봐야 안다고 하지 않은가."

양아치가 죽었다는 소문은 삽시간에 마을은 물론이고 읍내까지 퍼져나갔다. 사람들은 둘만 모이면 양아치를 입에 올렸고, 어떤 주민들은 양아치를 안주 삼아 낮술을 마시기도 했다.

"양아치 말여. 자살이 아니라 누가 죽여서 걸어놓았다는 얘기도 들리던데 누구 말이 사실인가?"

"허, 그랬다면 죽인 놈이 알지 낸들 알겠나."

주민들의 말처럼 시간이 흐르면서 양아치와 관련된 소문은 눈덩이처럼 커져 이 마을에서 저 마을로 바람처럼 떠다녔다. 어떤 소문은 읍내에서 만들어져 마을로 들어오는 것도 있었고, 마을에서 만들어진 소문이 읍내로 퍼졌다가 전혀 다른 소문이 되어 돌아온 경우도 있었다. 그 소문이라는 걸 정리해보면 양아치는 부끄러움을 모르는 위인이라 절대로 자살할 사람이 아니라는 것과 같은 조직원이 이권과 관련하여 양아치를 죽이고 자살로 위장했다는 이야기와 마을 이장이 이권을 독차지하기 위해 양아치를 죽였다는 이야기가 가장 많았다.

양아치가 마을에 들어온 건 이년 전 갯가의 버들강아지가 막 피기 시작하던 겨울이었다. 읍내에서 하릴없이 건들건들하던 그는 이런저런 일로 교도소도 몇 차례 다녀온 늙은 건달이었다. 나이가 환갑에 이른다고는 하지만 아직은 주먹도 쓸 만했고, 꾸준히 운동을 한 덕에 몸도 제법 날랬다. 다만 욕심이 많은 탓에 먹이가 생기면 누구와 나누는 법이 없어 선배들의 눈밖에 난 지가 오래고 의리가 없어 따르는 후배 또한 없었다. 더구나 강한 자에겐 굽실

거리고 약한 자에겐 강한 척하는 습성이 있어 동네 건달권에서는 그를 삼류로도 취급하지 않았다. 그런 양아치가 어느 날 딸보다도 어린 여고생을 건들다 고등학교를 갓 졸업한 어린 건달들에게 걸렸다. 강변으로 끌려간 양아치는 어린 건달들에게 죽도록 얻어터진 후 무릎꿇림까지 당했다. 그날 어린 건달들은 양아치를 꿇려놓고 "너 새꺄, 두 번 다시 우리 눈에 띄면 그땐 좆대가리를 확 잘라버릴 테니 그리 알아. 알았어?"라며 양아치의 등을 사정없이 내리 찍었다. 어린 건달의 애인을 건드렸던 양아치는 컥 하고 엎어지며 체면이고 뭐고 없이 "알았네, 알았으니 그만하게" 하곤 두 손을 싹싹 빌었다. 그날 이후 어디로 뜰까 하고 머리를 굴리던 양아치는 때마침 본동마을에 큰 사업이 벌어진다는 이야기를 들었고, 이주보상금이라도 받아볼까 하는 마음으로 본동마을로 거처를 옮겼다. 그러나 막상 본동에 와보니 대규모 건설 현장이라면 당연히 있어야 할 선수들이 없었다. 선수가 없다는 건 누구라도 먼저 깃발을 꽂는 사람이 주인인 그야말로 무주공산의 땅인 셈이었다. 게다가 어느 날은 마을을 둘러보고 있는데, 마을 총무 일을 본다는 이가 달려오더니 "형님, 저 천사기입니다. 기억하시죠?" 하며 깍듯이 인사를 건네 왔다. 누군지 알 길이 없는 이였으나 스스로 누구인지를 밝히며 자신에게 형님이라 칭하니 양아치로서는 행운도 이런 행운이 없었다.

"아, 그럼 기억하지. 이 마을에 사는가?"

"예. 처가가 이 동네에 있어 몇 해 전에 들어왔습니다. 근데, 형님께선 이 마을엔 어떻게 오셨습니까?"

"이 마을이 원래 경치가 좋잖아. 그래서 머리도 식힐 겸 해서 왔지. 그래 살 만한가?"

"아유, 공사 현장이 들어오면서 보상금이다 뭐다 해서 정신이 없어요."

그렇게 인사를 나눈 천사기는 다음 날 마을 이장을 대동하고 양아치를 찾아왔다. 그는 양아치에게 이장을 소개시켜주었으며 부탁할 일이 있으면 언제든지 하라는 말까지 덧붙였다.

"형님, 사기 아우 말대로 하십시오. 그래도 제가 이 동네 대통령인 이장이 아닙니까. 내 말 한마디면 공무원이고 현장소장이고 뭐고 다 껌벅 죽습니다. 형님이 원하는 건 다 해드릴 수 있으니 뭐든 말씀만 하십시오."

천사기에 이어 이장이 말을 보탰다. 양아치가 보기엔 이장은 말하는 태도나 행동거지가 전형적인 사기꾼 타입으로 보였다. 외지인으로 이장 자리에까지 오른 자여서 그런지 잔머리도 제법 굴리는 듯 보였다. 하지만 적당히만 믿어주면 본동 생활을 함에 있어서 큰 도움을 줄 친구는 분명해 보였다.

"고맙네. 내 아는 사람이 없어 적적하다 싶었는데 아우들이 있으니 든든하다 못해 힘이 나는구먼."

"말씀만이라도 고맙습니다. 형님. 이 마을에 계시는 동안만큼은 저희가 형님을 편하게 모시겠습니다."

천사기와 이장이 조직원이라도 되는 양 허리를 꺾었다.

사흘 후, 양아치를 찾아온 이장과 천사기는 그에게 현장 사무소의 민원담당관으로 추천을 했는데, 어떠냐고 물었다. 민원담당

관이라는 직책은 흔히 말해 공사 현장의 해결사로 공사와 관련하여 생길 수 있는 각종 민원을 해결하는 사람을 말함이었다. 이장과 천사기로서는 건설 현장의 주도권을 잡기 위해선 양아치의 주먹이 필요했고, 양아치로서는 알토란 같은 텃밭을 제공받는 셈이니 마다할 이유가 없는 제안이었다. 더구나 당시는 국책사업으로 인한 보상금이 책정되는 시기였기에 이장과 천사기의 말만으로도 몇 억은 손쉽게 챙길 수 있는 기회라 수락하지 않을 이유도 없었다.

"아우들이 부탁하는데 어쩌겠나. 그렇게 하지 뭐."

그렇게 세 사람의 악의 협동은 시작되었다. 다음 날부터 양아치와 이장 등은 자신들의 세력을 키우기 위한 작업으로 외부인들을 불러들이기 시작했다. 마을은 순식간에 외부인들로 가득 찼고, 마을로 주소를 둔 외부인들은 대부분 인근의 날건달들로 일정한 직업이 없는 자들이었다. 그들은 가끔씩 마을 식당에 모여 떠들썩하게 회합을 했으며, 회합이 있는 날이면 늘 난동이 생겨 마을 사람들은 집밖에도 나가지 못했다. 양아치는 마을 이장과 손을 잡고 각종 이권에 개입했으며, 저들끼리 '양아치파'라는 조직을 만들어 양아치를 두목으로 추대하는 행사를 거창하게 열기도 했다. 행사장에는 면장을 비롯해 면 번영회장과 군 번영회장 등이 참석하여 축하를 해주었으며 지역 국회의원의 화환까지 도착해 있었다. 그날 양아치는 '평생 부하 하나 없이 살아왔는데, 두목이라니. 내 인생에서 이런 일도 생기는구나' 하며 스스로 기뻐했다.

조직을 만든 양아치는 현장 사무실 인근에 조직원들이 머물

수 있는 숙소와 사무실을 마련해주었으며 현장소장을 움직여 조직원들을 현장 경비요원으로 취직까지 시켜주었다. 말이 경비요원이지 마땅히 할 일이 없었던 그들은 떼로 몰려다니며 외상술을 먹는 등 마을에 피해만 입혔다.

한편 마을을 위해 일을 해야 할 이장은 양아치파의 일원이 되어 국책사업으로 진행되는 건설 현장의 함바식당을 독점했고, 천사기의 도움을 받은 양아치파 조직원들은 벌목, 주유, 조경 등의 이권을 독차지했다. 그러는 사이 십억 대에 이르는 거액의 보상금이 마을 돈으로 떨어졌고, 양아치와 이장은 돈을 서로 차지하기 위해 눈에 쌍심지를 켰다. 그들은 자신들의 뜻에 반발하는 주민들을 향해 욕설을 퍼부었고, 돈이 되는 일이라면 폭력을 행사하는 일도 주저하지 않았다. 어떤 주민은 각목으로 맞아 갈비뼈가 나갔고, 어떤 주민은 자다가 봉변을 당하기도 했다. 법은 멀었으며 주먹은 어느 때보다 가까웠다. 폭력을 당한 주민이 경찰에 신고를 해보지만 그들은 매번 혐의 없음으로 풀려났고, 마을로 돌아온 양아치파는 "어떤 새끼든지 한 번만 더 신고하면 목을 따버리겠다"며 더욱 날뛰었다.

양아치가 이장과 함께 조직을 만들어 마을을 유린할 때 주민들은 주민들끼리 싸웠다. 개인 보상금을 수령하는 과정에서 조금이라도 문제가 있다 싶으면 고발을 하여 그 주민을 반드시 법정에 세웠다. 그 일은 총무 일을 보던 천사기에게도 불똥이 튀어 그와 처가 식구들이 무더기로 검찰에 구속되는 일까지 생겨났다. 천사기와 처가 일당이 벌인 죄목은 공문서 및 사문조 위조 및 동행사 등이었는데, 보상금을 허위로 청구하여 거액의 국고를 사기 쳤다는 거였다. 그 일의 시발도 이웃 주민의 고발이었다. 천사기와의 사이가 틀어진 이웃 주민이 검찰에 고발장을 내면서 천사기와 처가 일당의 범죄 사실이 만천하에 드러났다. 천사기가 처가 사람들과 손잡고 사기를 쳤다는 소식을 들은 주민들은 설마하고 고개를 갸웃거렸으나 수사 결과 고발장에 적힌 내용은 다 사실이었다. 검찰이 밝힌 천사기와 처가 일당의 혐의는 국책사업으로 편입된 임야에 장뇌삼을 심었다는 거짓 서류를 만들어 오억에 가까운 보상금을 수령했다는 거였다. 검찰의 발표는 고스란히 신문과 방송 뉴스를 탔고, 그 일은 지역을 넘어 이 나라의 최대 뉴스가 되었다.

천사기 일당이 구속되자 발등에 불이 떨어진 건 이장과 양아치였다. 천사기의 구속은 자신들의 한쪽 팔을 잃는 것과 다름없는 일이라 가만히 있을 수만은 없었다. 양아치가 생각해도 천사기가 연루된 사건은 보통 사건이 아니었다.

"형님, 아무래도 실형을 면하기는 어렵겠지요?"

"그럴 것 같네."

천사기가 구속되는 날 이장과 양아치는 그의 실형만은 막아야겠다는 생각에 현장소장을 찾아갔다. 소장을 만난 두 사람은 천사기를 빼내야 하니 작업에 필요한 자금을 대라고 했다. 현장소장은 이권은 당신들이 챙기면서 봉급쟁이에 불과한 자신을 왜 찾아왔냐는 듯 억울한 표정을 지었지만 이장과 양아치의 노골적인 요구를 거절하긴 힘들었다. 현장소장을 후려쳐 돈을 받아낸 두 사람은 그날로 변호사를 선임하였으며 지역 유지를 동원하여 법원 관계자도 만났다. 뿌린 돈의 힘은 역시 강했고, 재판은 속전속결로 진행되었다. 시간이 흘러 천사기 일당이 집행유예로 풀려나는 날 천사기는 양아치에게 큰절을 하며 하해와 같은 은덕을 입었노라며 감격의 눈물을 흘렸다.

그 시기 마을엔 사건 하나가 또 터졌다. 이장이 마을 보상금으로 나온 거액의 돈을 이장과 내연 관계에 있는 여성의 통장에 몰래 빼돌렸다가 마을 감사진에게 발각되는 일이 생긴 것이다. 그러한 사실이 알려지자 마을은 발칵 뒤집혔다. 양아치와 이장이 공사와 관련한 이권을 독차지할 때에도 참았던 주민들이었다. 주민들의 분노가 극에 달하자 감사진은 이장을 횡령죄로 검찰에 고발을 하는 동시에 마을 임시총회를 즉각 소집했다. 주민들은 마을회관에 몰려들었고, 그 자리에서 이장에 대한 탄핵을 의결했다. 감사진이 총회 결과를 통보하자 이장은 이렇게 말했다.

"나는 여러분들이 주장하는 것처럼 마을 돈이나 횡령하는 파렴치범이 아닙니다. 다만 개인사정으로 인해 국세를 과도하게 체납한 사실이 있기에 마을 기금이 압류당할 처지에 놓였고, 마을 돈을 보호하기 위하여 어쩔 수 없이 다른 사람 통장에 일시적으로 옮겼으니 그리 아시기 바랍니다."

이장은 자신은 탄핵되어야 할 이유가 없으며 임시총회 또한 인정할 수 없다는 입장을 함께 밝혔다. 이장의 말이 전해지자 주민들은 면사무소로 달려갔다. 하지만 어인 일인지 면장도 이장이 인정하지 않는 임시총회는 효력이 없다며 이장의 편을 들어주었다.

"저 면장 놈의 새끼도 이장 돈을 처먹은 게 분명해!"

면사무소를 나온 주민들이 분을 삼키지 못하며 근처 짜장면 집으로 몰려갔다. 점심으로 짜장면을 주문한 주민들은 빼갈을 곁들어 술을 마셨다. 술이 적당하게 오르자 주민들이 화를 참지 못하겠다는 듯 한마디씩 했다.

"이장 놈이나 면장 놈이나 한통속인데, 여기서 끝장을 봐야지 하지 않겠습니까?"

"그럽시다. 이대로 마을로 돌아가긴 억울합니다. 마을엔 깡패들이 득시글거리고, 함바식당을 비롯한 각종 이권은 이장과 총무 그리고 양아치가 다 처먹었습니다. 마을로 돌아와야 할 이권을 이장과 깡패들이 왜 처먹습니까. 우리가 천치처럼 가만히 있어서 그런 거 아닙니까?"

"맞습니다. 국책사업이 결정 났을 때만 해도 일자리다 뭐다 하여 기대가 부풀었던 주민들입니다. 그러나 지금까지 주민들은 일 원 한 장 벌지 못했습니다. 오히려 깡패들로부터 협박과 폭력을 당하는 등 고통만 받아왔습니다. 이대로 가다간 우리의 마을이 깡패 마을이 되고 말 겁니다. 이젠 그만 참고 정의를 바로 세워야 합니다."

"그렇습니다. 우리의 비겁함이 저들에겐 권력을 강화하는 힘이 되었고, 그 권력이 마을을 마음껏 요리해도 우리는 참기만 했습니다. 폭행을 당해 경찰에 신고를 해도 소용이 없었고 도청에 민원을 제기해도 알았다는 답변뿐이었습니다. 그런데, 이젠 우리 주민들 편에 서야 할 면장까지 이장을 감싸고 있습니다. 이는 이장과 면장 사이에 무슨 일이 있지 않고서는 설명할 수 없는 일입니다.

이장을 탄핵했듯이 이참에 면장 놈의 옷도 벗겨야 합니다."

주민들의 발언은 격했다. 어떤 이는 탁자를 내리치기도 했고 어떤 이는 빼갈 병을 들었다 놓았다 하기도 했다. 참았던 울분과 분노가 한꺼번에 표출되자 양같이 순하기만 하던 주민들의 얼굴은 성난 들소처럼 변해갔다.

"면장은 이장 편이 되었고, 마을 총무는 처가를 끌어들여 거액의 국고를 사기 치다 걸렸고, 이장은 마을 보상금을 가로채려다 발각되었고, 양아치는 조직을 동원해 마을을 작살내고 있습니다. 이러한 일은 앞으로도 이어질 것인데, 우리도 조직된 힘이 있어야 하지 않겠습니까? 우리도 주민대책위원회 같은 걸 만들어 조직적으로 움직여봅시다."

"그럽시다. 면장이 이장의 편을 들건 말건 주민들이 현 이장을 탄핵한 이상 이장은 마을의 대표가 아닙니다. 건설사 측을 위한 이장이 아닌 주민을 위한 이장을 우리 손으로 만들어야만 합니다."

짜장면 집에 모인 주민들은 그 자리에서 비상대책위를 꾸려 주민 박 씨를 이장 겸 위원장으로 추대했다.

면에서 그런 일이 벌어지고 있는 사이 집행유예로 풀려난 천사기는 고발장을 낸 주민을 찾아갔다. 천사기는 자신과 처가 식구들을 고발한 주민을 세워놓고 욕설을 퍼붓더니 그것도 모자라 죽이겠다는 폭언과 협박도 서슴지 않았다. 그 일은 짜장면 집에 모여 있던 주민들에게 즉각 알려졌고, 주민들은 그 자리에서 천사기 일당을 엄하게 처벌해달라는 탄원서를 썼다. 탄원서가 검찰에 접수되자 검찰은 기다렸다는 듯 천사기의 죄가 약하다며 부대항고를 했으며 천사기의 죄는 항고심에서 가려지게 되었다. 그 사실이 전해지자 양아치는 탄원서에 서명한 주민들을 찾아가 서명을 취하할 것을 종용했다. 주민 몇은 양아치의 협박에 못 이겨 탄원서에 서명한 사실이 없다는 확인서를 써주었으나 대다수의 주민은 양아치의 협박에도 굴하지 않고 소신을 지켰다. 하지만 소신을 지킨 대가는 혹독했고, 마을 주민들은 한동안 양아치파의 협박과 폭력에 시달려야만 했다.

평화롭던 마을은 천사기를 엄벌에 처해달라는 탄원서에 서명을 한 주민과 하지 않은 편으로 갈라졌고, 다정했던 이웃도 그 일로 천년 원수가 되어 있었다. 그렇게 해는 바뀌고 마을엔 바야흐로 봄이 무르익고 있었으나 마을을 떠다니는 공기는 한겨울보다도 더 냉랭했다. 그 모든 일에 양아치가 깊숙하게 개입하였으니 그가 죽었다는 송 반장의 외침은 반가우면서도 놀라운 일이 아닐 수 없었다.

국과수 부검 결과 양아치의 사인은 자살이 아니라 고독성 농약 중독에 의한 타살로 밝혀졌다. 국과수로부터 통보를 받은 경찰은 누군가 양아치에게 농약을 먹였고, 그렇게 죽은 시신은 최소 두 명 이상이 옮긴 후 목을 매달았을 것이라고 추정했다. 수사본부를 꾸린 경찰은 양아치의 주변 인물부터 훑기 시작했다. 과거 원한을 가졌던 자나 돈 거래가 있었거나 최근까지 연락을 주고받은 이들이 대상이었다. 그와 동시에 마을에도 수사팀이 급파되었는데, 그들은 양아치파 조직원들을 하나씩 불러 알리바이를 확인했으며, 소문에 등장하는 마을 이장의 그간 행적을 조사하는 한편 천사기와 관련된 인물들은 물론이고, 양아치와 대척점에 있던 마을 주민들도 수사 대상에 포함시켰다. 양아치의 죽음에는 공무원도 예외는 아니어서 면장을 비롯해 몇몇 공무원도 수사 대상에 올라 있었다. 형사들은 공무원들을 상대로 양아치와의 유착관계를 살피는 것은 물론이고 그들 사이에 뇌물이 오고갔는지도 집중적으로 캐물었다.

수사가 속도를 내면서 누가 수사본부에 소환되었고, 누구는 이미 용의자 선상에 올랐고, 누구는 알리바이를 대지 못해 억울함을 호소하고 있고, 누구는 이미 해외로 도망쳤다는 소문 등이 꼬리에 꼬리를 물었다. 실제로 이장은 수사가 시작되자 호흡 곤란을 호소하면서 인근 도시의 병원으로 도망을 쳤고, 천사기도 발작증이 돋았다며 병원을 들락거렸다. 두 사람이 병원으로 도망친 사이 형사들은 증거물을 찾기 위해 마을을 샅샅이 수색했다. 그들은 마을을 돌면서 농약병을 수거했으며 의경을 동원하여 밭두렁에 굴러다니는 빈 농약병까지 남김없이 찾아냈다. 형사들은 또 양아치가 목을 맨 적송 아래에 있는 흙을 채취하여 그 흙의 성분과 같은 흙이 묻어 있는 신발 주인들을 수사본부로 소환했는데, 대부분이 자작나무골 주민들이었다. 경찰서로 소환된 주민들은 난데없는 일이라며 양아치를 욕했고, 죽어서까지 사람을 괴롭힌다며 양아치를 또 욕했다. 형사들의 질문은 집요했으며 마을 사람들은 그때마다 지난 기억을 되살리기 위해 머리를 쥐어짜야 했다.

"양아치가 죽던 날 이웃의 말로는 외출을 하셨다고 하던데요. 어딜 다녀오셨습니까?"

경찰의 질문에 주민은 답을 하지 못했다. 산골살이라는 게 그 날이 그날 같고 그제가 어제 같은 일상이 반복되는데, 일기를 쓰지 않고서야 하루 전의 일도 기억하기란 쉽지 않았다.

"휴대폰 통신 자료를 보니까 그날 양아치와 통화도 했던데, 기억하시죠?"

경찰이 통화 내역이 담긴 자료를 들이대며 물어도 주민은 답을 하지 못했다. 주민이 곤혹스러운 표정을 짓자 형사는 다음 질문으로 넘어갔고, 주민은 그때마다 가슴을 텅텅 치며 "난 양아치를 죽이지 않았어요! 내가 그 놈을 왜 죽이겠어요!"라는 말을 반복했다. 경찰서를 다녀온 주민들은 어김없이 분을 참지 못하고 술을 벌컥벌컥 들이켰으며 어떤 이는 대인기피증이라도 생긴 듯 마을에 외부인들이 나타나면 숨거나 소리를 버럭 지르기도 했다.

형사들과 정복을 입은 의경들이 들락거리는 마을은 건설 현장이라기보다 영화에서나 보던 살인 현장처럼 느껴졌다. 주민들은 두릅 같은 산나물이 쇠고 있어도 산으로 가지 못했다. 농사라는 것도 제철이 있는 법인데, 마을이 어수선하니 일할 사람을 구할 수도 없고 하여 고추 모종이나 옥수수를 심는 일도 좀처럼 진도가 나가지 않았다.

경찰 조사가 이어지면서 주민들은 자신도 의심을 받고 있다는 생각에 마음 놓고 외출도 하지 못했고, 친척들이나 자식들의 방문마저 뜸해졌다. 마을에 비상대책위가 꾸려졌다고 하지만 집행부가 와해되어 여느 때처럼 모여서 회의를 하거나 이장이나 면장을 상대로 싸움도 하지 못했다. 대책위를 이끌고 있는 박 씨 또한 하루가 멀다 하고 경찰서로 불려갔으며 가끔은 면장을 움직여 이장 일을 잘 처리해줄 테니 정보를 달라는 회유를 당하기도 했다. 그때 박 씨는 어이가 없다는 표정으로 "아, 주민들이 양아치에게 얻어맞을 때마다 경찰서에 신고를 했는데, 그때 양아치를 감방에 처넣었으면 이런 일은 생기질 않았잖아요. 그때 경찰이 뭐라 했습니까? 현장엔 늘 그런 일이 있으니 참으라고만 하지 않았나요? 공사 끝나면 다들 떠날 사람들이니 그때까지 참으라고 하지 않았나요? 그게 경찰이 할 말인가요? 그래 놓고 이제 와서 주민들을 의심하는 게 말이 된다고 생각합니까?"라고 쏘아 붙였다. 박 씨의 말에 형사들은 헛기침을 하며 "그거야 그땐 그때고 지금은 지금 아닙니까. 더구나 사람이 죽었으니 범인은 잡아야 하고요. 범인을 빨리 잡아야 주민들도 일상으로 돌아가질 않겠습니까"라고 말을 얼버무렸다.

"주민들 걱정을 그리 하는 경찰이 바쁜 주민들 불러다가 조사를 합니까? 그리고요. 내 말이 나와서 하는 말인데, 그놈은 죽어 마땅하지만 주민들이 한 짓이 아니에요. 주민이 아무리 양아치가 밉다 하여도 죽일 마음까지 갖겠습니까? 양아치를 죽인 놈이 농약을 사용하였다 하여 주민들을 의심하는 모양인데요. 시골에서 농약은 소주만큼이나 구하기 쉬운 겁니다. 아셨어요? 우리가 보기엔 양아치가 죽은 이유는 돈밖에 없습니다. 이장이 마을 보상금을 빼돌렸을 때 양아치와 천사기가 배신감을 느껴 지들끼리 대판 싸웠다는 이야길 들었습니다. 그러니 괜히 불쌍한 주민들 괴롭히지 말고 그쪽이나 파보세요. 알았어요?"

박 씨는 그 말을 던지고 경찰서를 나왔다.

양아치가 죽은 지 보름이 지나도록 범인을 검거하지 못하자 신문과 뉴스에서는 경찰이 진범은 따로 둔 채 엉뚱한 데 가서 변죽만 울린다는 보도를 내보냈다. 뉴스를 본 주민들은 진범이 따로 있다는 말에 어딜 가더라도 혹여 농약이 들어 있을까 싶어 맘 편하게 물 한 잔을 마시지 못했다. 양아치의 유력한 용의자는 이장과 천사기 일당이었지만 그들은 혐의를 극구 부인했다. 시간이 더 흐르자 양아치파 조직원들도 하나둘 마을을 떠났다. 남은 이들이라고는 살수차를 운행하거나 현장에서 수신호를 봐주는 이들이 전부여서 양아치파가 존재했는지조차 의심이 갈 정도였다.

자칫 미궁에 빠질 뻔한 사건의 실마리는 의외의 장소에서 풀렸다. 함바식당에선 매일 현장 노무자들과 현장 사무소 관계자들이 식사와 술을 마셨는데, 함바식당 뒤 음식물 쓰레기장에서 농약 성분이 들어 있는 양주병이 발견된 것이다. 그 술은 양아치가 즐겨 마시던 술로 양아치가 죽은 이후로 버려졌다고 했다. 경찰은 음식물 더미에 박혀 있던 빈 양주병을 수거하여 국과수에 성분 분석을 의뢰했다. 그와 동시에 경찰은 함바식당에서 일하는 종업원들을 상대로 양아치가 죽기 직전 함께 식사를 한 사람들이 누구였는지를 파악해 나갔고, 그 결과 현장소장과 사무실 직원들을 용의자로 지목하여 검거했다. 용의자를 검거한 경찰은 사흘 후 기자들을 모아놓고 중간수사 결과를 발표했다. 경찰이 밝힌 양아치 살해범은 김희철로 건설 현장소장이며 시신 유기를 도운 두 사람은 김희철과 함께 근무하는 건설사 직원이라고 발표했다. 세 사람은 현재 피의자 신분으로 바뀌었으며 수사가 마무리되는 대로 검찰에 송치할 계획이라고 밝혔다. 회견장에서 자료를 훑어보던 기자가 수사과장에게 물었다.

"회견 자료에는 범인들이 양아치를 살해한 이유가 나와 있지 않은데, 밝힐 수 없는 사연이라도 있습니까!"

"아, 그게 사회적으로 좀 민감한 부분이라 뺐는데요. 지금까지 밝혀낸 바에 따르면 피의자들은 양아치가 비리를 눈감아주는 대가로 건설회사에 거액의 돈을 요구했다고 진술하고 있습니다. 양아치의 요구를 들어줄까 말까 고민을 하던 건설사는 양아치의 입을 막기로 결정했고, 농약을 탄 양주를 먹여 살해한 후 자살로 위장하기 위해 자작나무골로 옮겼다는 진술까지 받아놓은 상태입니다."

"양아치가 요구한 금액은 구체적으로 얼마입니까?"

기자의 질문에 수사과장은 잠시 망설이더니 손바닥을 쭉 펴며 말했다.

"오십 억입니다."

양아치를 죽인 범인이 잡혔다는 소식에 주민들은 안도했지만, 범인이 건설사 현장소장이라는 경찰의 발표에 주민들은 놀라움을 감추지 못했다. 더구나 양아치가 건설사의 비리를 약점 삼아 오십 억이나 되는 돈을 요구했다는 소식은 주민들을 또 한 번 경악하게 만들었다. 비상대책위 위원장을 맡은 박 씨는 마을총회를 긴급 소집하여 양아치가 약점으로 삼은 비리가 무엇인지 소상히 밝히라는 성명서를 발표했다. 며칠 후 경찰이 밝혀낸 건설사의 비리는 생각보다 크고 대담했고, 그 비리에는 면장을 비롯해 이장과 천사기까지 연루되어 마을은 일대 광풍이 불었다. 다음 날 양아치 살인 사건에 대한 현장 검증까지 끝나자 수사는 종결되었다. 마을이 평화를 되찾았을 때 함바식당의 운영권은 마을로 돌아왔고, 외부인들의 모습은 보이지 않았다. 그 무렵 아카시꽃이 활짝 피어나더니 마을은 꽃향기로 그윽했다. 새로운 면장이 부임하는 날 멈추었던 건설 현장이 다시 돌아가기 시작했으며 주민들은 이장을 선출하는 총회를 개최했다. 새롭게 선출된 마을 이장은 박 씨였으며 그는 주민들에게 이렇게 말했다.

"여러분 그간 고생 많으셨습니다. 우리 마을은 이제 평화입니다." 끝

아우라지

아우라지

요즘은 하루가 길다는 생각이 자주 들었다. 한낮엔 햇볕도 뜨겁게 내리쬐었다. 송천은 오전에 끝내야 할 그물 손질을 한낮이 되어서야 시작했다. 하기 싫은 일을 하자니 시간은 더디게 흘러갔다. 한참 만에 그물 손질을 마친 송천은 집안을 둘러보았다. 어머니는 여량장터에 나간 지 얼마 되지 않았다. 어머니는 여름내 키운 열무와 그물로 잡은 민물고기를 팔겠다고 장터에 나갔다. 어머니는 그것들을 다 팔고서야 돌아올 것이다. 다행히 아버지도 보이지 않았다. 마당엔 지난봄부터 키우기 시작한 닭 몇 마리가 어슬렁거리며 지렁이를 잡아먹고 있을 뿐이었다.

텅 빈 집안, 기회는 자주 오지 않았다. 송천은 이때다 싶어 그물을 아무렇게나 집어던지고 뒷산인 염장봉으로 냅다 뛰었다. 숨이 차올랐지만 아버지에게 붙들리면 무슨 일인가를 또 해야 하니 쉴 수도 없었다.

송천은 한달음에 염장봉 중턱까지 뜀박질을 했다. 염장봉은 여량을 화재로부터 막아주는 소금단지가 있어 그렇게 불렀다. 옛날 여량엔 화재가 자주 발생했다고 한다. 마침 길 가던 스님이 단지에 소금을 담아두면 화재를 막을 수 있다고 했단다. 밑져야 본전인 마을 사람들은 스님의 뜻에 따라 지금의 소금단지를 묻었다고 했다. 스님의 신통력이 하늘에 닿았는지 그 후로 대형 화재는 줄어들었다고 한다. 송천은 언젠가 소금단지를 직접 열어 단지에 있는 소금물을 손가락으로 찍어 맛을 본 적이 있었는데, 짠 맛이 났다.

염장봉에 오른 송천은 여량 일대가 훤히 내려다보이는 곳에 자리를 잡고 앉았다. 기와집 몇 채와 초가집들이 올망졸망 모여 있는 여량마을은 한가로워 보였다. 해방이 되자 사람들이 일제 강점기 시절에 있었던 잔재를 없앤다고 했지만 마을엔 아직도 일본인들이 남긴 흔적이 곳곳에 남아 있었다. 일제 때 '맷돌에 갈아 먹어도 성이 차지 않을 놈'이라고 욕을 먹었던 한국인 순사 나점출은 해방이 되고서 더 높은 자리로 복귀하여 지서로 돌아왔다. 그 일을 두고 분통을 터트리는 이들이 적지 않았다. 그럼에도 그가 가진 권력이 두려워 대항할 엄두를 내지 않았다. 나점출이 다시 거들먹거리며 일제 때처럼 길에서 아무에게나 반말을 지껄여도 사람들은 그저 자신의 못남을 한탄만 할 뿐 어느 누구 그의 못된 버릇을 고쳐주지는 못했다.

지서로 변한 주재소 건물을 돌아서면 송천의 집도 보였다. 아버지가 마당을 가로질러 가고 있었다. 옆집에서 나오는 걸로 보아서 최씨 아저씨와 낮술을 한 것 같다. 요즘 아버지는 술 마시는 일이 잦다. 그물을 놓아 고기를 잡는 일에 흥미를 잃은 것이다. 고기를 아무리 잡아도 돈벌이가 되지 않은 탓이었다. 휘청거리며 집으로 들어서는 아버지를 보니 도망치길 잘했다는 생각이 들었다. 이런 날 아버지에게 잡히면 이유도 없이 꾸지람을 듣거나 술심부름이나 하고 있어야 했다.

여름이 물러가면서 여랑의 색깔도 가을 색으로 변해가고 있었다. 곧 가을인 것이다. 열여덟 살의 가을이 오고 있었다. 열여덟, 누구는 좋은 나이라고 했다. 하지만 송천에겐 답답한 나이였다. 무엇 하나 자신의 뜻대로 할 수 있는 게 없는 어정쩡한 나이였다.

'차라리 장가나 확 가버릴까?'

송천은 그런 생각을 했다. 장가라도 가면 부모님 간섭 받지 않고 하고 싶은 일 하면서 멋대로 살 수 있을 것 같았다. 어릴 적부터 함께 자란 여자 친구들 중에는 시집간 친구가 벌써 서넛은 되었다. 남자 친구도 마찬가지다. 재작년 장가를 든 한 친구는 지금 딸 하나를 낳고 어엿한 아버지가 되었다. 국민학교를 졸업하고 대처를 떠돌던 작은형도 지난 설날엔 어여쁜 색시를 데리고 왔다. 작은형이 데리고 온 여자는 도시 여자답게 말투가 상냥했고 검게 그을린 시골 여자와 달리 얼굴은 희고 고왔다. 작은형은 그 여자와 결혼할 생각이라고 했다.

작은형이 다녀간 후부터 송천의 마음이 통 잡히지 않았다. 어른들을 따라다니며 산판일을 하는 것도 예전 같지 않았다. 마음 한 자락이 붕 떠 있는 듯 밥을 먹어도 배가 부르지 않았다. 어쩌다 만난 친구들과 폭음을 해도 생각처럼 취하지 않았다. 공연히 빈 하늘을 올려다보는 날이 늘었다. 생애 처음으로 이렇게 사는 것이 옳은지에 대한 고민도 했다.

송천이 그렇게 청춘의 몸살을 앓고 있을 때에도 봄은 왔고 참꽃과 동백(정선에서는 생강나무를 동백 또는 동박이라 불렀음)도 꽃을 피웠다. 봄장마가 지고 첫 떼가 떠나면 무슨 수를 써서라도 그 떼를 타고 여랑을 떠나고 싶었다. 떼와 함께 떠내려가다가 영월이든 충주든 아무 곳에서나 내려 세상을 마음껏 돌아다니고 싶었다. 그도 아니면 서울 광나루까지 흘러가 남의 집 점원 노릇이지만 작은형처럼 서울 생활을 하고도 싶었다.

송천의 나이 또래가 여랑에서 할 수 있는 일이란 산판일이나 아우라지 강에다 그물을 놓거나 농사를 짓는 일밖에 없었다. 하지만 농사는 짓고 싶어도 땅이 없었다. 송천네 소유 땅이라고는 손바닥만 한 텃밭이 전부인데, 그것은 어머니의 손만으로도 해결될 문제인 것이다. 힘이 창창한 아버지도 할 일이 없어 뒷짐 세월을 보내고 있는 마당에 송천까지 빈둥거리며 시간을 축낼 수는 없었다. 그런 생각을 하면 집을 떠나 어디론가 가고 싶다는 생각이 더욱 간절했다.

그런 이유로 송천은 지난 봄 아예 아우라지 나루터에서 살다시피 했다. 사람들이 꼬이는 곳에 있어야 뗏목을 타던가 대처로 나가는 제모시(미군용 트럭인 GMC를 그렇게 불렀음)라도 얻어 탈 수 있기 때문이었다. 송천은 봄부터 뗏꾼들 심부름을 해주며 떼를 묶거나 타는 법을 배웠다.

첫 떼는 그냥 보냈다. 떼를 탈만한 실력이 되지 못했던 것이다.

그렇다고 몰래 탈 수 있는 상황도 아니었다. 어머니는 송천이 떼를 타는 것을 극구 반대했다. 게다가 뗏꾼들이 목숨을 잃는 일 또한 많았으니 나루터에 나가는 것조차 막고 나섰다. 그럴 때마다 송천은 어머니의 만류를 뿌리치며 아우라지로 나갔다. 흔히 뗏꾼들이 떼를 한 번 타고 받는 돈을 '떼돈'이라고 했다. 사람들은 그 돈을 두고 '떼돈' 번다고 했으니 그 액수는 어느 시절이고 정선군수 월급보다 많았다. 그러니 당연히 떼를 타려고 하는 이들이 줄을 이었다. 하지만 송천은 돈이 목적이 아니라 세상으로 나가기 위해 떼를 타려는 것이니 그 조급함은 송천이 더 강했다.

떼를 엮는 밧줄은 느릅나무 껍질을 이용했다. 느릅나무 껍질은 질겨서 어지간한 힘으로는 끊을 수도 없었다. 단오 날이면 느릅나무 껍질을 벗겨 그네 줄을 엮어 그네를 타곤 했으니 그것으로 밧줄을 만드는 일은 누구에게나 익숙한 일이었다.

그러던 어느 날이었다. 밧줄로 떼를 묶고 있을 때였다. 단출한 이삿짐을 이고 진 한 가족이 갈금마을로 들어왔다. 이사를 오는 모양이었으나 들고 있는 이삿짐이 하도 없어 가족이 장터에 장 구경을 갔다가 돌아오는 길처럼 간단해 보였다.

이삿짐을 이고 진 가족은 모두 다섯이었다. 양 부모에다 다 큰 처녀 하나와 아직은 어리게 보이는 아들이 둘이었다. 그 가족 중에서 유독 눈에 띄는 것은 머리를 외갈래로 곱게 딴 처녀 아이였다. 작은 보따리를 머리에 인 그 처녀는 장난이 마려워 죽겠다는 듯 이리저리 뛰는 남자아이들과 달리 긴장된 표정으로 아버지와 어머니 뒤를 조용히 따르고 있었다.

언뜻 보아서 처녀의 나이는 송천 또래쯤 되어 보였다. 처녀는 멀리서 보아도 제법 여자 티가 났다. 그런데 처녀를 보는 순간 송천의 마음이 묘하게 일렁거리기 시작했다. 살아오면서 그런 기분을 느낀 것도 처음이었다. 더운 날이 아니었는데 공연히 진땀도 났다. 허둥지둥, 하던 일도 손에 잡히지 않았다. 이상한 일이었다. 그러는 사이 처녀가 오래된 밤나무를 끼고 돌더니 어디론가 사라지고 있었다. 송천은 목을 길게 뽑으며 모습을 감추는 처녀의 뒤태를 아쉬운 듯 바라보았다. 아우라지에 봄꽃이 피어나기 시작하던 지난 봄의 일이었다.

염장봉에 오른 송천은 강 건너편에 있는 갈금마을을 바라보며 빙긋 웃었다. 그 무렵부터는 고된 일을 하다가도 그녀만 생각하면 저절로 웃음이 나왔다. 송천이 장가를 들어야겠다고 생각한 것도 그녀가 있기에 가능한 일이었다.

갈금은 그 처녀가 사는 마을이었다. 갈금은 작고 고운 자갈이 넓게 깔려 있어 아우라지에서는 가장 아름다운 강변을 지닌 마을이기도 했다. 비가 조금이라도 내리면 자갈 굴러가는 소리가 자갈자갈 들리는 듯했다. 송천은 어린 시절 자갈 굴러가는 모습을 보며 컸다. 그 때문에 장마가 지면 그 모습을 보기 위해 아우라지 강변으로 나오곤 했다.

아우라지 나루터에서 배를 타면 어른들은 정선아라리를 불렀다. 구성지면서 한스러운 정선아라리는 고된 시집살이나 남편에 대한 원망 혹은 자신의 처지에 대한 신세한탄 등을 풀어놓은 민초들의 소리였다. 사람들은 가사를 아무렇게나 지어 불렀다. 정선아라리는 그 가락에 맞추기만 하면 아무 가사나 소리가 되어 사랑방으로 부엌으로 주막으로 퍼져갔다.

배를 타면 정선아라리 두어 곡이 끝나기도 전에 닿을 수 있는 갈금은 밤나무가 많았다. 그래서 갈금에 사는 아이들은 가을이면 먹을 게 늘 풍족했다. 송천이 어린 시절 밤 서리를 하다가 혼이 났던 곳도 처녀가 사는 갈금이었다.

송천은 처녀의 집을 눈으로 더듬어보았다. 큰 밤나무를 끼고 우측으로 두 번째, 싸리나무를 엮어 울타리와 사립문을 만든 작은 초막이 그 처녀의 집이었다. 처녀가 이사를 오기 전에 살았던 마을은 동백나무가 많은 싸리골이라 했다. 싸리골은 아우라지에서 오 리 정도 떨어진 마을인데, 송천은 아직 그 마을에 가보지 못했다. 처녀가 살던 마을이 싸리골이라는 것을 안 것은 그녀가 이사를 오고 며칠이 지나서였다.

그날 처녀의 아버지는 일거리가 있는지 알아보기 위해 주막집을 기웃거렸다. 그러다가 그는 나무 장사를 하는 유목상을 만났고, 떼를 탈 수 없냐고 물었다.

"저, 떼를 좀 탔으면 하는데요."

"처음 보는 양반인데, 그래 떼를 타봤소?"

"저는 싸리골에서 갈금으로 이사 온 윤기성이라 합니다. 떼는 한 번도 타보지 않았습니다만 태워만 주시면 할 수 있을 것 같습니다."

"뗏꾼은 아무나 되는 기 아닙니다. 노련한 뗏꾼들도 죽어나가

자빠지는 게 떼 타는 일이라 목숨을 걸어야 합니다. 내가 보기엔 뗏꾼은커녕 산판일도 못 하게 생겼구먼."

유목상이 처녀의 아버지를 보며 심드렁하게 말했다. 유목상의 말에 처녀의 아버지는 고개를 주억거리다가 돌아섰다. 집으로 돌아가는 뒷모습이 퍽이나 쓸쓸해 보였다. 야윈 어깨와 좁은 등이 한낮의 햇살을 받아 더욱 초라하게 느껴졌다. 송천은 이미 처녀가 이사 올 때 저 집도 먹고살 길이 없어 아우라지로 온 것이라 짐작했다. 이삿짐 규모만으로도 그 집의 살림살이를 대충은 알 수 있었던 것이다. 더구나 그때는 봄이었다. 너나 할 것 없이 양식이 떨어져가던 계절이었다. 무슨 일이라도 하지 않으면 가족을 굶겨야 할 계절인 것이다. 송천은 처녀의 가족이 걱정되었다. 송천은 하던 일을 놓고 처녀의 아버지를 따라갔다.

"아저씨, 잠깐만요."

송천의 외침에 처녀의 아버지가 걸음을 멈추며 고개를 돌렸다.

"무슨 일이오?"

"뗏꾼이 되고 싶다고요?"

"그렇소만…."

"뗏꾼이 되려면 배워야 할 게 많습니다."

송천의 말에 귀가 솔깃해진 처녀의 아버지가 몇 걸음 다가왔다.

"목상들도 큰돈을 투자하는 일이라 초짜는 아무리 빽이 있어도 안 써줍니다. 더구나 요즘은 떼를 타려는 사람들이 많이 몰리는 계절이라 그 경쟁도 치열하거든요."

봄눈이 녹지 않아 농사꾼도 할 일이 없던 시절이었다. 당장 입

벌이를 할 수 있거나 목돈을 만질 수 있는 곳은 일대에서 아우라지밖에 없었으니 애 어른 할 것 없이 아우라지로 몰려들었다. 그 소문이 근동까지 퍼져 더러는 주문진이나 묵호에서 배를 타던 이들이 떼를 타기 위해 진고개나 백봉령을 넘어 아우라지로 오기도 했다. 사람들이 아우라지로 그렇게 몰리는 이유는 돈가뭄이 드는 봄날 아우라지만큼 현금이 잘 돌아가는 곳도 없기 때문이었다.

"그럼 어떡하면 되우?"

처녀의 아버지는 근심이 가득한 표정을 지으며 물었다.

"우선은 떼를 엮는 일부터 배워야 합니다. 그런 다음 떼 타는 연습을 해야 하고요. 그 일이 손에 익었다 싶을 때 떼를 얻어 타고 정선까지 가보는 겁니다. 일종의 훈련을 해야 한다 이 말이죠. 그러다가 목상들 눈에 들면 뗏꾼이 될 수 있습니다."

"그런 훈련은 어디서 하우?"

"이곳에 나와 뗏꾼들이 하는 거 도우면서 배우면 됩니다. 저도 떼를 타기 위해 배우고 있는 중이거든요."

송천의 말에 힘을 얻은 처녀의 아버지는 다음 날부터 떼 엮는 일을 배우기 시작했다. 하지만 그 일은 밥을 먹여주는 것도 아니고 보수가 있는 것도 아니었다. 먹을 양식은 아우라지로 실려 온 나무를 목도질로 내리거나 물길을 따라 내려온 나무를 건져내는 등의 일을 하면서 구해야 했다. 그 일 또한 생각처럼 쉽지는 않았다. 같이 일하는 사람과 손발이 맞지 않으면 허리나 팔 다리를 다치는 일이 허다했기에 목도질을 하느니 노는 게 낫다는 말이 유행어처럼 돌았다.

우여곡절이 많았지만 누구보다 열심히 뗏일을 배운 처녀의 아버지는 지난여름 첫 떼를 무사히 탔다. 송천도 나름대로 떼 타는 일을 열심히 익혔다고 했지만 어리다는 이유로 번번이 퇴짜를 맞았다. 경험자가 된 처녀의 아버지는 지금 두 번째 떼를 타고 서울로 갔다. 처녀의 아버지가 탄 떼가 떠난 지 벌써 아흐레째, 아무런 소식도 들려오지 않았다.

그 처녀의 이름은 달님이다. 원래 이름은 월선이라 했지만, 처녀의 아버지는 월선이라 하지 않고 달님이라고 불렀다. 송천이 생각해도 월선보다는 달님이가 훨씬 부르기 좋고 듣기에도 좋았다. 이름이 그래서인지 달님인 달이 휘영청 뜬 밤에 보면 더 예뻤다. 마치 보름달을 보는 것처럼 환한 얼굴이라 멀리서 보아도 은은하게 빛이 났다.

그녀의 얼굴을 가까이에서 본 날 송천은 가슴이 뛰어 아무 것도 할 수 없었다. 그날은 달님의 아버지가 나루터에 첫 일을 나왔을 때였다. 송천은 일을 마치고 돌아가는 아버지를 마중 나온 달님을 보고 몸이 얼어붙는 줄만 알았다. 그렇게 예쁜 여자는 처음이었다. 작은형이 데리고 왔던 도시 여자보다도 천배는 더 예뻤다.

달님에게 빠진 송천은 제 마음을 추스르지 못해 한동안 애를 먹었다. 주책없이 뛰고 있는 가슴을 진정시키느라 마음고생도 많았다. 달님에게로 향한 마음을 전하지 못한 탓이었다.

달님이 아버지와 집으로 돌아가면 송천은 그 뒤를 따라 싸리나무 울타리에서 달님의 집을 넘겨다보곤 했다. 달님의 집은 여느 집처럼 가난했지만 늘 웃음이 넘쳐흘렀다. 그 작은 이삿짐 보따리에 그처럼 많은 웃음이 들어 있는 줄은 상상도 하지 못했다. 송천은 마당까지 흘러나오는 웃음소리를 듣다가 집으로 돌아오곤 했다. 그런 날이면 어김없이 아버지의 술주정을 받기도 해 송천은 달님의 집이 더욱 부러웠다.

'난 가정을 이루면 아버지처럼 살지 않고 행복하게 잘살 테야.'

송천은 고래고래 소리를 지르다 잠이 든 아버지를 보며 그런 생각을 했다. 밤이 깊어서야 집안은 조용해졌고, 긴 시간 술주정을 받아주던 어머니도 그제서 한숨을 길게 내쉬며 곤한 몸을 뉘였다.

송천이 달님과 뜨거운 마음을 나누게 된 동기는 달님의 아버지가 허벅지를 다친 일 때문이었다. 때는 지난봄의 끝자락이자 여름이 시작될 무렵이었다. 이틀이나 쉬지 않고 비가 내린 후였다. 강물이 불자 임계에서 산판한 소나무를 아우라지로 떠내려 보냈다. 산판을 한 목상이 운반비를 절약하기 위해 골지천 물길을 이용한 것이었다. 그날 달님의 아버지는 물길로 떠내려 오는 소나무를 건져내는 일을 하고 있었다. 그 일엔 몇 명의 사내들이 달려들었다. 소나무는 아름드리로 혼자서는 들 수 없는 무게였다. 물과 함께 힘차게 떠내려오는 소나무를 건지는 일은 힘도 필요했지만 요령이 있어야 했다. 함께 일하는 이들은 이미 몇 해씩 그런 일을 했던 사람들이었지만 달님 아버지는 요령도 경험도 부족했다. 소나무를 하나라도 놓치면 그만큼 일당도 깎이는 일이라 여간 신경 쓰이는 작업이 아니었다.

상류에서 시차를 두고 떠내려 보내기에 바쁘지는 않았다. 그러나 긴 거리를 내려오면서 서로 엉겨 동시에 내려오는 경우도 적지 않았다. 그땐 정신을 바짝 차리지 않으면 소나무를 잃기도 했는데, 달님 아버지가 그 일을 막으려다 사고를 당했다.

"이런, 다섯 놈이 한꺼번에 오는구먼."

달님 아버지와 사내들이 하나씩 맡아 떠내려오는 소나무들을 처리했다. 그러나 뒤이어 따라오는 소나무 하나는 손이 없어 그냥 흘러 보낼 수밖에 없었다. 그대로 두면 나무 하나를 잃을 것만 같았다. 달님의 아버지가 급히 강물로 뛰어들며 밧줄을 걸었다. 그 순간 또 하나의 소나무가 떠내려오며 달님의 아버지 허리를 스치고 지나갔다.

"어이, 윤씨. 그러다가 허리 뿌러져!"

일하는 것이 답답했던지 누군가 소리를 질렀다. 달님의 아버지가 생각해도 아찔한 순간이었다. 자칫하면 큰 화를 입을 뻔했던 것이다. 그러나 그날 달님의 아버지는 허리가 아니라 허벅지를 다쳤다. 상류에서 내려오던 소나무를 살짝 피하면서 쇠고리로 나무를 찍어야 하는데 그것을 하지 못했던 것이다. 아름드리 소나무는 달님의 아버지 허벅지를 치고 지나갔고, 그는 그 순간 비명을 지르며 강바닥에 주저앉았다. 곁에 있던 이가 달려와 달님의 아버지를 일으키더니 잽싸게 들쳐 업었다. 그대로 주저앉아 있었다면 이번엔 또 다른 소나무로부터 머리를 공격당할지도 모를 상황인 것이다.

"내 이럴 줄 알았구먼…."

함께 일하던 이들이 한마디씩 했다. 일하는 것이 어쩐지 불안하다 싶더니 결국 다쳤다는 말도 나왔다. 그 통에 나루터가 왁자지껄해졌다. 상류에선 소나무가 끊임없이 떠내려왔기에 다른 이들은 달님의 아버지를 돌볼 겨를도 없었다. 그들은 다시 밧줄과 쇠고리를 들고 소나무 건지는 일에 나섰다. 송천이 강변 나루터로 나갔을 땐 달님의 아버지가 끙끙 앓는 소리를 내고 있었다.

"아저씨, 많이 다쳤어요?"

"아고… 송천 총각. 집으로 가야겠으니 우리 달님이 좀 불러다 줘요."

"아닙니다. 제가 댁으로 모시겠습니다. 제 등에 업히시죠."

"불편하긴 해도 걸을 순 있을 것 같은 디… 암튼 고맙네."

송천은 달님의 아버지를 들쳐 업고 집으로 갔다. 마른 체구라 그리 무겁지는 않았지만 송천은 자주 큰숨을 몰아쉬면서 다리쉼을 했다. 송천이 숨을 헐떡이며 마당으로 들어서자 나물바구니를 들고 나서던 달님이 외마디 비명을 지르며 방안에 있던 어머니를 찾았다.

"어머이요, 얼른 마당으로 나와 봐요. 아버이가 다쳤는가배요."

그 소리를 들은 달님의 어머니가 맨발로 뛰어나왔다.

"걱정 마세요. 크게 다치신 것은 아닙니다."

"그래 달님아. 큰 사고가 난 게 아니니 그리 소란 떨 거 없다."

달님의 아버지가 울먹이는 달님을 다독거리며 "어여 방으로 들어가자" 했다. 송천은 달님의 아버지를 방에 뉘였다.

"아이고 달님 아버이, 이게 뭔 일이래요. 어딜 다쳤소? 많이 다쳤소?"

달님의 어머니가 물었다.

"소낭구를 건져내다 허벅지를 쫌 다친 거니 금방 나슬 거다. 그러니 걱정 말거라."

송천은 그러는 사이 달님의 집안을 둘러보았다. 안방이라고 짐작되는 방 하나와 봉창문을 사이에 둔 또 다른 작은 방 하나가 달님의 집 내부였다. 달님이 사용하고 있는 방은 안방이 아니라 작은 방인 듯싶었다. 안방 구석에는 누가 보는 책인지 표지가 누렇게 변한 책들이 보자기에 싸여 있었다. 책 보따리는 이사를 한 지 두어 달이 지나도 풀지 못하고 있었다.

세간이라고 해보았자 몇 가지 옷이 전부인 달님의 집은 반닫이라도 있는 송천의 집보다 초라해 보였다. 그러나 송천의 눈에는 자신의 집보다 달님의 집이 훨씬 부자처럼 느껴졌다. 가족이라는 이름이 만들어낸 재산이 그만큼 커보였기 때문이다.

달님의 아버지는 허벅지에 허물이 벗겨지는 동시에 검은 멍이 크게 들었다. 허물이 벗겨진 자리엔 핏방울도 송송 돋아났다.

"아이고 약도 없는데, 이걸 어째."

달님의 어머니가 방안을 두리번거리며 말했다. 송천은 더 이상 머물기도 뭐하고 해서 슬그머니 마당으로 나왔다. 송천이 방을 나서자 달님이 뒤따라 나왔다. 그녀가 "저기요" 하며 송천을 불러 세웠다.

"고맙습니다. 뭐라 인사를 해얄지…."

달님이 두 손을 앞으로 모으며 부끄러운 듯 말했다.

"아, 아닙니다. 크게 한 일도 없는 걸요."

"먹을 거라도 대접을 해드려야 하는데, 이렇게 가시게 해서 송구합니다."

그렇게 말하는 달님은 곱고도 아름다웠다.

"그나마 크게 다치지 않아 다행입니다. 나무 작업을 하다보면 이런 일은 예사로 생기거든요. 저도 얼마 전에 등허리를 맞아 크게 고생한 적이 있었는걸요. 다친 부위에 냉찜질이라도 하면 금방 풀릴 겁니다."

"그리하도록 하겠습니다. 고맙습니다."

달님은 송천에게 고맙다는 말을 몇 번이고 했다. 그렇게 사흘이 지난 아침 달님의 아버지가 나루터로 나왔다. 다리를 절룩거리긴 하지만 걷거나 힘을 쓰는 데는 지장이 없어 보였다.

"송천 총각, 내 그날은 고맙다는 말도 제대로 못했네. 고마워."

달님의 아버지가 송천의 어깨를 감싸며 말했다. 그날 일이 끝날 무렵 윤기성이 "괜찮으면 우리 집에 가서 저녁이나 하지"라며 송천을 잡아끌었다. 윤기성의 손에 끌려 집에 도착하니 음식 냄새가 마당까지 흐드러졌다. 달님은 검정 치마에 하얀 저고리를 단정하게 차려입고 정지(부엌)를 분주하게 오가며 상을 차리고 있었다. 한쪽 마당에서는 달님의 어린 동생들이 화롯불을 피워놓고 자반고등어를 지글지글 굽고 있는 모습도 보였다.

방으로 들어가니 잠시 후 정성을 가득 담은 상이 차려졌다. 고등어만 빼면 차린 것은 어느 집이나 비슷했지만 정갈한 상차림이 인상 깊게 다가왔다.

"내 지금껏 총각에게 신세를 많이 졌는데, 이렇게라도 할 수 있으니 기쁘다네. 차린 것 없지만 많이 드시게."

달님 아버지가 수저를 들며 말했다. 달님과 어머니 그리고 두 명의 동생들은 두리반(둥근 상)을 따로 차렸다. 식사가 한창 진행될 때 달님이 반주라며 막걸리 주전자를 내어 왔다.

"우리 달님인 벌써 몇 번 봤지?"

윤기성이 송천의 잔에다 술을 따르며 물었다.

송천은 설핏 웃으며 예, 했다. 송천은 그 순간 달님을 보았는데, 그녀는 부끄러운 듯 고개를 숙였다.

"우리 집 살림 밑천이지. 똑똑한 아인데, 내가 만주다 뭐다 여기저기 끌고 다니는 통에 공부를 가르치지 못해 미안할 뿐이야. 늦었지만 내년부터라도 학교에 넣을 생각이네."

달님이 나라를 떠나 살았다는 것은 금시초문이었다. 그래서 지서 순경들이 가끔씩 달님의 집을 기웃거렸던 모양이었다. 송천은 무슨 말인가 묻고 싶었지만 예의가 아닌 듯싶어 꾹 참았다. 달님은 자신의 이야기가 계속 이어지자 아예 고개도 못 들고 숟가락질만 했다.

"자넨 떼를 타 돈을 벌면 뭐할 건가?"

"여량을 떠나 큰 데 가서 살 겁니다. 그러기 위해서 떼를 타려고 하는 겁니다."

"그렇지. 사람은 큰물에서 놀아야 하는 법이야. 그래야 큰 꿈을 꿀 수 있고 또 그걸 이룰 수도 있는 것이지. 하지만 도시에 나가더라도 먹고 살 재주 하나는 있어야 하는 거여. 떼 타는 기술이라는 게 도시에선 필요치 않는 거거든."

윤기성은 마치 아들이나 동생에게 인생을 알려주는 듯 그렇게 말했다. 윤기성은 술이 몇 잔 들어가자 지난날에 있었던 이야기를 해주었다. 그 자신 나라를 잃은 설움을 견디지 못해 만주와 중국 대륙을 떠돌며 이런 저런 일을 해보았지만 아무 것도 이루지 못했다고 했다. 해방이 되어 다시 가족을 이끌고 집으로 돌아왔지만 부모님은 돌아가시고 집안은 기울대로 기울어져 있었다. 가정을 돌보지 못한 책임을 다하려 아우라지로 거처를 옮겼지만 세상에 쉬운 일은 하나도 없다는 것을 또 한 번 절실히 느끼고 있다며 눈시울을 붉히기도 했다.

그날 송천은 극진한 대접을 받고 집으로 돌아왔다. 마침 보름달이 떠 있어 송천은 달님을 생각하며 아우라지를 건넜다. 집으로 돌아오는 길에 송천은 윤기성이 말한 것을 곱씹어보았다. 도시에서 먹고살 수 있는 재주를 만들어야 한다고 했지만 아무리 생각해도 송천에겐 그 어떤 재주도 없었다. 고작해야 산판일이나 그물 놓은 일밖에 할 줄 아는 게 없는 송천이었다.

그날 이후 송천은 자연스럽게 달님과 몇 차례 더 만났고, 여름이 시작될 무렵엔 사랑하는 감정을 서로 나누었다. 어느 날인가는 둘이서 임계 반천에 있는 구미정까지 놀러 가기도 했다. 구미정은 꽤나 먼 거리였고, 아름다운 풍경이 펼쳐진 정자에 앉은 둘은 무슨 일이 있어도 헤어지지 않겠다는 사랑을 맹세하기도 했다.

내일이면 달님을 만날 것이지만 보고 싶은 마음이 간절했다. 염장봉에 있던 송천은 달님을 만나러 가기 위해 아우라지 나루터로 갔다. 주막거리엔 한낮인데도 술추렴을 하는 인사들이 많았다. 하릴없이 외상술이나 먹는 위인들이었다. 그들은 대개가 떼를 타면 술값을 갚는다며 큰소리를 펑펑 치고 다니지만 실제로 술독에 빠져 사는 터라 목상이나 화주들이 떼를 태워주지도 않았다. 그런 날이면 으레 주막집 주인이나 색시들과 한바탕 싸움이 벌어지곤 했는데, 그 일은 오늘이라고 예외가 될 수 없었다. 송천이 배를 타고 갈금으로 들어섰을 때 어느 집에선가 양재기 날아가는 소리가 들렸다. 그 소리에 떼를 엮고 있던 사람들이 주막을 향해 "에라이, 오늘은 어쩐지 조용하다 싶었다. 이왕 시작한 거 다 때려 부셔라 응" 하고 소리쳤다. 이번에 난 싸움은 봉정댁이 주인으로 있는 주막이었다. 색시 너댓 명을 두고 주막장사를 하는 봉정댁은 성깔이 있어 그럭저럭 넘어갈 일도 일절 봐주는 경우가 없었다. 외상술을 먹던 사내는 봉정댁과 한바탕 붙어볼 양인지 "오라, 니덜이 누구 땜에 자릴 잡고 사는데, 돈 좀 벌었다고 이제 와서 날 무시해?" 하며 저고리를 벗어 던졌다. 그 모습을 본 뗏꾼들이 배꼽을 잡으며 사내와 봉정댁을 응원했다.

술에 취한 사내는 봉정댁의 상대가 되지 못했다. 일제 때 자신의 여동생을 겁간하려던 일본 순사를 때려눕힌 죄로 징역살이를 했던 사내였지만, 술과 여자 앞에서는 큰 힘을 쓰지 못했다. 송천은 소란스러운 주막거리를 그냥 지나쳐 달님의 집으로 갔다. 집을 기웃거려보았지만 달님은 보이지 않았다. 어쩐 일인지 당연히 있어야 할 아이들도 보이지 않았다. 요즘의 농사일이라면 고추를 따거나 깻잎을 따는 일밖에는 없었다. 달님은 이틀 전에도 남의 집 고추를 딴 적이 있었다. 그러니 오늘도 어느 집 고추를 따기 위해 품팔이를 나갔을 수도 있었다. 달님까지 따라갔다면 아이들도 달님과 함께 있을 확률이 높았다. 송천은 달님을 기다릴까 생각도 했지만 어차피 내일이면 만날 수 있기에 발걸음을 돌렸다.

그러나 돌아서는 송천의 마음은 어딘지 모르게 답답하기만 했다. 여량을 떠난다고 했으나 이젠 달님을 두고 떠날 수도 없었다. 달님과 함께 떠났으면 좋겠지만 달님은 기울어진 가세를 걱정하지 않을 수가 없었다. 달님은 집안 사정도 그렇지만 무엇보다 어린 동생들 때문에라도 떠날 수가 없다고 했다. 대책도 답도 나오지 않는 날이 그렇게 지금까지 이어졌다.

송천은 다시 주막거리로 나왔다. 사내와 봉정댁의 싸움이 끝났던지 두 사람 다 보이지 않았다. 대신 남평집 앞에서 사람들이 여럿 모여서 웅성거리고 있었다. 다들 걱정스런 표정들이라 무슨 일이 생긴 듯했다. 송천은 답답한 마음을 억누르며 사람들이 모여 있는 곳으로 갔다.

"무슨 일이라도 났대요?"

"아흐레 전에 떠난 떼가 사고가 났다는구먼."

"그게 무슨 말이에요?"

"아, 제천 사는 김목상의 떼가 단양을 지나면서 뒤집어졌대."

"그럼 뗏꾼들은요?"

"한 사람은 죽고 한 사람은 다쳤다는데 우리도 누가 죽고 누가 다쳤는는 줄은 자세하게 몰라."

"그 얘긴 어디서 들었어요?"

"지서에 있는 최 순경이 그러더만."

떼가 뒤집히는 사고는 가끔 있는 일이었다. 그러나 아흐레 전에 떠난 떼라면 달님의 아버지인 윤기성이 앞사공으로 전주팔이 뒷사공으로 패를 지어 떠난 떼였다. 더구나 둘 중에 하나는 죽었다니 이건 보통 일이 아니었다. 송천은 주막거리를 나와 여량으로 갔다. 지서에 가면 무슨 얘기가 들릴 법도 했다.

지서 안엔 이미 많은 사람들이 몰려 있었다. 전주팔의 가족과 고추를 따러 갔으리라고 생각했던 달님과 그녀의 어머니, 어린 동생들도 있었다. 많은 사람이 한 번에 몰린 지서는 통곡소리와 비명소리가 한데 뒤섞여 있었다.

그런데 지서 안은 통곡소리만 나는 게 아니라 술 냄새도 진동했다. 그 냄새의 진원지는 주막에서 봉정댁과 싸우던 사내였다. 사내는 봉정댁에게 이끌려 지서에 온 모양이었던지 경찰의 조서를 받고 있었다. 지서까지 온 봉정댁은 아직도 분이 풀리지 않았던지 씩씩거리는 표정으로 앉아 있었다. 사내의 조서를 담당한 이는 일제 때 순사를 했던 악명 높은 나점출이었다.

"이봐, 멀쩡하게 생긴 놈이 이집 저집 돌아댕기며 맨날 꽁술이나 처먹어서야 되겠어?"

나점출이 궐련을 손끝으로 말며 비아냥거렸다.

"어라, 멀쩡하게 생긴 놈? 이 젊은 놈이 누구에게 반말이야. 그리고 남이야 꽁술을 먹든 꽁보리밥을 먹든 니깟 놈이 무슨 상관이야."

사내가 나점출을 꼬나보며 쏘아붙였다.

"이놈 말하는 뽄새 좀 보게나. 나 이래 뵈도 미군정의 경찰 나점출이야. 경찰에게 그렇게 말하면 안 되지. 당신 그렇게 뻣대면 무전취식에다 공무방해죄까지 더해 콩밥을 먹게 되는 수가 있어. 알았어?"

나점출이 구둣발로 사내의 정강이를 걷어차며 말했다. 사내가 어쿠! 하고 비명을 지르며 정강이를 감쌌다. 그리곤 나점출을 잠시 노려보더니 무슨 결심이라도 한 듯 자리를 박차고 일어났다.

"이런 썅! 나점출 이놈의 새끼! 니가 언제부터 미군정의 경찰이냐? 작년만 해도 일본 놈들의 개 노릇을 하던 놈이 너 아니냐? 그런데 이젠 미군정의 경찰? 에라이, 잡놈아. 니가 무슨 미군정의 경찰이냐. 미국 놈들 개지. 그리고 니깟 놈이 지금 경찰 옷 입었다고 날 우습게 보는 모양인데, 나 인간 박대철이 그래도 일제 때 일본 순사 때려잡던 놈이야. 그러니까 니 놈이 일본 개 노릇하면서 죄 없는 백성들 잡아 갈 때 독립운동을 했던 몸이란 말야. 알았어?"

사내가 말을 끝내기 무섭게 이마로 나점출의 얼굴을 퍽, 소리가 날 정도로 세게 들이받았다.

"아이쿠! 나 죽네."

나점출이 두 손으로 얼굴을 감싸며 벌러덩 뒤로 자빠졌다. 그러자 지서 안에 있던 사람들이 비명을 지르며 구석으로 몸을 피했다. 놀란 봉정댁도 사내가 자신에게 무슨 해를 가하기라도 할 듯싶어 슬금슬금 자리를 피했다. 소란이 일자 최 순경이 화들짝 놀라며 나점출에게로 왔다.

"차, 차석님, 괜찮습니까?"

"괜찮긴 이놈아, 빨리 저 새낄 잡아. 빨리!"

나점출이 피칠갑을 한 얼굴을 들며 최 순경에게 소리쳤다. 겁이 많은 최 순경이 부들부들 떨며 사내에게 "그러지 마쇼. 이건 경관 폭행입니다"라고 소리쳤다. 그러곤 수갑을 꺼내 사내에게 다가갔다. 사내는 그런 최 순경을 보며 주먹을 불끈 쥐어 보였다.

"최 순경, 자네도 내 머리에 한 번 맞아볼라는가? 그게 싫으면 가만히 있어. 죄 없는 사람을 패고 싶진 않으니까."

사내가 눈을 부라리며 말하자 최 순경이 무르춤 뒤로 물러났다. 그러자 사내가 가래침을 크악, 하고 끌어 올려 지서 바닥에다 퉤! 뱉고는 의기양양하여 밖으로 나갔다. 나점출이 사내를 향해 소리를 쳤지만 사내는 뒤도 돌아보지 않고 사라졌다.

최 순경은 급히 사람을 보내 지서장을 찾았다. 코피가 터진 나점출은 피를 줄줄 흘리면서 여량 거리로 나갔다. 사내가 보이지 않자 나점출은 하늘을 향해 권총 몇 발을 연달아 발사했다.

탕탕탕!

총소리가 평화롭던 여량 거리를 흔들었다. 거리를 오가던 이들은 총소리가 나자 반사적으로 몸을 피했다. 집에 있던 사람들은 벌건 대낮에 웬 총소리? 하는 표정으로 창밖으로 눈만 빼꼼, 하고 내밀었다. 총소리가 난 지 몇 초도 지나지 않아 사람으로 붐비던 여량 거리엔 적막감만 감돌았다. 찬탁이다 반탁이다 그러잖아도 어수선한 날들이 이어지던 때라 더욱 그랬다.

나점출이 피를 흘리며 미친 듯 날뛰자 사람들은 십년 묵은 체증이 내려가는 듯 마음속으로 쾌재를 불렀다. 언젠가는 저런 꼴을 당할 줄 알았다는 표정을 짓는 이도 있었다. 나점출이 여량 거리를 휘저으며 난동을 부리는 동안 여량 거리는 쥐 죽은 듯 조용했다.

지서 안에 있던 사람들은 창문을 통해 나점출의 광폭한 행동을 지켜보았다. 봉정댁은 주막으로 돌아갔는지 보이지도 않았다. 최 순경이 나점출을 따라다니며 그의 행동을 막아보았지만 그럴수록 나점출의 행동은 더욱 과격해졌다.

"최 순경 이 쌔끼, 너부터 죽어볼래?"

나중엔 나점출이 최 순경을 향해 권총을 겨누는 바람에 최 순경이 혼비백산하여 지서로 도망쳤다. 최 순경이 자신의 자리에 털썩 주저앉으며 이마에 맺힌 식은땀을 손등으로 훔쳤다. 최 순경이 지서로 들어오자 뗏목 사고 확인을 위해 몰려든 가족들이 최 순경에게로 몰려들었다.

"답답하네요. 사고가 났다는데 무슨 연락이라도 있어야 하는 거 아닙니까?"

"보시다시피, 저도 답답하긴 마찬가지입니다. 단양에서 연락이 와야 생사 여부를 확인할 수 있다 아닙니까. 조금만 더 기다리면 연락이 올 겁니다."

최 순경이 창밖의 상황을 살피며 가슴을 텅텅 쳤다. 나점출은 여전히 소리를 고래고래 지르며 사내를 찾고 있었다. 나점출이 소란을 피우는 게 일제 때부터 따진다면 한두 번이 아니지만 그런 나점출의 행동을 막을 사람은 적어도 여량 바닥에는 없었다. 그런

자의 면상을 짓이겨놓았으니 나점출로서는 자존심이 상해도 여간 상한 게 아니었다.

최 순경이 창밖의 상황을 지켜보고 있을 때 전화가 울렸다. 최 순경이 뛰어가 수화기를 들었다. 전화 소리에 지서 안에 있던 사람들이 숨을 죽였다. 전화를 받는 최 순경의 표정이 점점 일그러졌다. 그 모습을 보고 있는 가족들의 표정도 최 순경을 닮아갔다. 최 순경이 전화를 끊더니 고개를 숙였다. 무슨 말을 어떻게 해야 하는지 고민을 하는 듯했다. 가족들은 최 순경의 입이 떨어지기만을 기다리며 시선을 그에게 모았다. 달님은 두 손을 모아 쥐고 눈을 감았다. 아버지가 살아 있기만을 바라는 간절한 기도였다.

"처음 연락이 왔을 때만 해도 한 분이 살아 계시다고 들었는데 그게 아니고 전주팔 씨와 윤기성 씨 두 분 다 돌아가셨답니다. 시신은 조금 있다가 출발한다고 하니 아마도 밤늦게야 도착할 것 같습니다."

최 순경은 그 말을 남기고 밖으로 나가버렸다. 거리엔 나점출이 여전히 눈에 불을 켜고 사내를 찾고 있었다. 뒤늦게 현장에 나타난 지서장이 나점출을 설득하려 했지만 그의 말 역시 들어줄 위인은 아니었다.

지서에 남아 있던 가족들은 한 가닥 희망마저 꺼져버린 듯 바닥에 주저앉아 통곡을 하기 시작했다. 달님의 어머니는 이게 무슨 날벼락이라며 대성통곡을 했다.

"그 험한 만주 땅에서도 살아남았는데, 고향에 돌아와서 이게 무슨 일이란 말입니까…"

달님과 어머니가 울자 어린 동생들은 무슨 영문인지도 모른 채 눈물바람을 일으켰다. 충격을 받기는 송천도 마찬가지였다. 뗏꾼들이 떼를 타다가 죽는 일이 가끔 일어나긴 하지만 그것은 장마가 진 직후 급류가 많을 때의 경우였다. 요즘은 물이 많은 것도 아니고 그렇다고 단양이라면 큰 급류가 있는 곳도 아니었다. 정선에서 떠나는 뗏길 중에서는 황새여울과 된꼬까리가 가장 위험한 길이었다. 사실 그곳만 지나면 그렇게 위험한 곳도 없었다. 오죽하면 뗏꾼들이 "황새여울 된꼬까리 다 지냈으니 만지산 전산옥이야 술 상 차려놓게"라는 정선아라리를 불렀을까.

송천은 눈물을 흘리며 조용히 지서를 나왔다. 달님에게 뭔가 위로의 말을 해주어야 했지만 이 순간은 아무 말도 할 수가 없었다. 거리는 나점출로 인해 여전히 공포감이 흘렀다. 지서 안은 사람들의 통곡으로 가득 찼는데, 거리는 한 사람으로 인해 미친 거리가 되어 있었다. 허망한 죽음과 일제의 잔재가 공존하는 여량 땅에서 누군가는 떼를 타다 죽고 누군가는 권총을 들고 날뛰고 있었다. 덧없이 흘러가는 흰 구름이 더욱 서러운 가을 날 오후였다.

시신은 그날 밤이 되어서야 도착했다. 장례는 가족들과 나무 주인인 김목상, 그리고 마을 사람들의 의견을 모아 아우라지 나루터에서 합동 장례식을 지내기로 결정했다. 장례는 9일장을 치르자는 의견도 있었지만 5일장으로 결정이 났다. 시신은 나루터에 천막을 치고 모셨다. 빈소를 지키는 이들은 죽은 자의 동료들인 뗏꾼들이었다. 송천도 술과 음식 심부름을 하며 빈소를 지켰다. 달님은 흰 소복을 입고 눈물만 흘렸다. 사람들 눈이 있으니 달님을 위로할 수도 그렇다고 어느 날처럼 포근하게 안아줄 수도 없었다. 송천은 그저 달님의 언저리를 맴돌며 그녀를 가만히 지켜만 볼 뿐이었다.

그 사이 두 개의 꽃상여가 만들어졌다. 장지에 대한 의견이 많았으나 결국 아우라지가 보이는 언덕에 고인들을 모시기로 했다. 죽어서도 뗏꾼들을 지켜달라는 의미였다. 장지는 강을 사이에 두고 있으니 멀지 않았다. 두 개의 물줄기가 만나 아우라지를 이룬 곳이 달님의 아버지와 전주팔이 묻힐 장소였다.

장례 날 아침, 마을 사람들과 뗏꾼들이 다 모였다. 화주들과 목상들은 두 번 다시 사고가 나지 않도록 기원제를 올리기도 했다. 기원제가 끝나자 뗏꾼들에 의해 상여가 메어졌다. 수십 개의 만장이 바람에 펄럭였다. 송천도 만장 하나를 들었다. 거기엔 『아우라지 뗏꾼 윤기성 하늘로 날다』라고 적혀 있었다. 상여에 올라탄 상두꾼이 선소리를 했다. 정선아라리 가락으로 만든 뗏목아라리였다.

세월아 네월아 오고가지를 말아라
아까운 내 청춘 다 지나간다

우리 집 마누라는 젖은 장작만 때는데
목숨 걸고 벌은 떼돈 갈보년의 차지라

이놈의 앞사공아 한 눈 팔지를 말아라
뒷사공 연애질이 물거품이 된다

아리랑 아리랑 아라리요
아리랑 고개고개로 나를 넘게 주게

상여를 멘 뗏꾼들이 뗏목아라리를 불렀다. 그러나 상여는 억울했던지 한 발짝도 앞으로 나가지 못했다. 상여를 메고 있는 뗏꾼들의 눈에 눈물이 주르륵 흘렀다. 소리 없이 흐르는 눈물이라 더욱 뜨거웠다. 목상들이 지전을 꺼내 저승 갈 노잣돈으로 내놓았다. 통곡하던 상여가 그제야 한발씩 앞으로 나갔다. 상여꾼들이 걸음을 옮길 때마다 철벅철벅 하는 물소리가 처연하게 났다. 뗏목아라리는 장지에 도착할 때까지 이어졌다.

졸지에 지아비를 잃은 달님의 어머니와 전주팔의 처는 동네 아낙들의 부축을 받으며 장지에 도착했다. 상여에서 관이 내려지자 곡소리가 여기저기에서 터져 나왔다. 달님 어머니와 전주팔의 처는 얼마나 울었던지 곡소리도 나오지 않았다.

입관을 하고 달구질이 시작되었다. 두 개의 무덤이 동시에 만들어졌다. 봉분이 올라가고 떼를 입혔다. 입관을 할 때나 달구질을 할 때에도 송천의 시선은 달님에게 향해 있었다. 달님이 눈물을 쏟으면 송천의 눈에도 눈물이 쏟아졌다. 달님 아버지 윤기성과 전주팔은 그렇게 뗏꾼들의 신이 되어 하늘로 올라갔다.

두 사람이 죽고 장례를 치르는 동안에도 나점출은 사내를 잡기 위해 혈안이었다. 사내를 잡지 못하자 그의 가족은 물론 사돈의 팔촌까지 지서로 불러들여 치도곤을 쳤다. 그 일로 나점출은 일제 때의 악명을 다시 한 번 떨쳤다. 풍문으로 들려오는 말로는 사내를 서울에서 본 사람도 있다고 하고 주문진항구에서 배를 타는 모습을 보았다고도 했지만 어느 하나 확인된 것은 없었다.

장례를 지낸 지 보름이 지났다. 그 사이 송천은 달님의 집을 자주 찾았다. 달님의 집은 가장의 부재로 인해 손볼 게 많았다. 이제 그 일을 감당해야 할 사람은 송천이었다. 그러는 와중에 자연스럽게 혼사 이야기가 나왔다. 달님의 어머니가 먼저 꺼낸 말이었다. 달님 어머니는 아예 사십구재가 끝나면 날을 잡자고도 했다.

송천네 집도 달님 어머니의 혼담에 대해 반대하지 않았다. 여량을 떠나겠다며 마음이 떠 있는 아들이었다. 그 아들이 결혼을 하게 되면 집에 남을지도 모른다는 기대를 했던 때문이었다. 혼담 이야기가 있고 나자 송천과 달님은 스스럼없이 양가의 집을 오갔다. 송천의 부모는 달님을 마치 며느리처럼 대했다. 새 식구가 들어온다는 생각에 아버지도 술을 줄이고 그물 놓는 일을 다시 시작했다.

떼를 타고 여량을 떠나겠다는 송천의 생각도 그 즈음엔 접어야 했다. 누구보다도 달님이 떼를 타는 것을 반대했다. 하는 수 없이 송천은 여량을 떠나지 않겠다고 달님과 약속했다.

이젠 송천과 달님의 관계를 여량 사람이면 다 알게 되었다. 일이 그쯤 되자 양가의 집안은 혼사를 더 이상 미룰 이유가 없다며 나락 수확이 끝나면 혼사를 치르기로 결정을 했다. 그 일이 있은 이후 혼사 준비는 일사천리로 진행되었다.

가을도 깊어가고 있었다. 아침이면 아우라지에 안개가 자욱했고, 그 안개가 걷히면 단풍은 더욱 붉게 물들었다.

"곧 추석이고 아버님께 동백기름을 추석 선물로 드리고 싶은데, 우리 내일 싸리골에 동백 열매 따러 갈래요?"

동백 열매가 익을 철이었다. 그 열매로 기름을 짜면 멋쟁이들이나 바르는 동백기름이 나왔다. 동백기름은 귀한 것이라 비싼 값에 거래되기도 했다.

"좋아, 내일 아침 먹고 집으로 갈게."

사람들 눈을 피해 둘이서 오붓하게 사랑을 나눌 수 있는 기회였다. 사랑도 나누고 덤으로 동백 열매까지 딸 수 있으니 그보다 좋은 일도 없었다. 두 사람은 그렇게 헤어졌다. 송천과 달님이 각자의 집으로 돌아가고부터 하늘에 먹구름이 하나둘씩 몰려들었다. 불어오는 바람에서 비 냄새가 나는 듯도 싶었다. 그러더니 저녁밥을 먹고 나자 결국 비가 쏟아지기 시작했다. 태풍이 몰려오는지 초가지붕이 들썩일 정도로 바람도 심하게 불었다. 아버지는 아우라지에 놓은 그물이 떠내려가지나 않을까 걱정이 태산이었다.

조금 내리다 그치겠지 했던 비는 다음 날 아침에야 그쳤다. 그물이 걱정되었던 아버지는 아우라지로 나갔다. 밤사이 비가 얼마나 왔는지 때늦은 가을장마가 지고 있었다. 아버지는 그물 건지는 것을 포기하고 맨손으로 돌아왔다.

"간밤에 비가 엄청 왔는걸. 나루터에 쟁여놓은 나무들이 절반은 떠내려갔더구먼. 목상들이 손해가 꽤 크겠어."

곧 떠날 떼에 실려 서울로 갈 나무들이 장마에 쓸려갔다는 것이다. 생각해보니 오늘은 달님과 싸리골에 가기로 한 날이었다. 물이 불었다면 달님을 만나지 못할 수도 있을 것 같았다. 송천은 아침밥을 먹는 둥 마는 둥 하고 아우라지로 달려갔다. 아우라지에 도착하니 누런 황토물이 하류를 향해 거세게 내리 달리고 있었다. 강 건너엔 달님도 나와 있었다. 송천이 뭐라 소리쳤지만 물소리로 인해 그 소리가 달님에게까지 들리진 않았다. 달님도 손을 모아 뭐라 소리쳤으나 그 소리 역시 송천에게 들리진 않았다.

뱃사공은 물이 불어서인지 배를 띄울 생각도 않고 있었다. 송천이 뱃사공에게 사정을 했다.

"아저씨, 배 좀 건네주세요."

"이런 물에 배를 띄워? 에이, 저 급류를 봐. 저 물에 배를 띄웠다간 사람 다 죽어."

"안 됩니다. 달님이랑 싸리골에 동백 열매를 따러 가기로 했단 말입니다. 그러니 배를 띄워주세요."

송천이 뱃사공의 옷자락을 붙잡고 통사정을 했지만 뱃사공은 손만 저을 뿐이었다. 하루라도 만나지 못하면 몸살이 나는 때라 두 사람은 무슨 소리인가를 끊임없이 외쳤다. 그 소리는 물소리로 인해 메아리로도 돌아오지 않았다. 뱃사공은 두 사람의 외침을 들으며 빙긋 웃었다.

"이런, 이틀만 지나면 물이 빠질 텐데 뭘 그렇게 조바심을 내."

"오늘 달님이랑 싸리골에 가기로 약속을 했단 말이에요."

송천은 자신의 다급한 사정을 몰라주는 뱃사공이 야속했다. 달님이 송천을 향해 뭐라 계속해 소리쳤다. 뱃사공이 두 사람을 애처롭게 바라보았다. 두 사람을 만나게 해주고 싶지만 아무리 생각해도 배를 띄울 수 있는 상황은 되지 못했다.

시간이 흐를수록 두 사람 사이엔 안타까움만 더해갔다. 아우라지 물길이라면 누구보다 잘 아는 송천이었다. 어릴 때부터 아우라지가 앞마당이자 놀이터였던 송천이었다. 수영을 배운 곳도 아우라지이고, 아우라지를 누가 더 많이 왕복하는지 내기를 걸었을 때 이긴 사람도 송천이었다. 아우라지 강은 눈을 감고도 걸어 다닐 수 있을 정도로 훤했다. 바위는 어디에 있고 수초는 어디에 많은지 다 짐작할 수 있었다. 송천은 장마 때 강을 건너는 방법 또한 잘 알고 있었고, 자라면서 그런 놀이를 한두 번 했던 것도 아니었다.

송천은 무슨 결심을 굳힌 듯 강변을 거슬러 올라갔다. 달님은 그런 송천을 향해 뭐라 또 소리쳤다. 달님의 외침은 물소리에 또 묻혔고, 어느 지점에서 걸음을 멈춘 송천은 물의 흐름을 유심히 살폈다.

대각선으로 50여 미터만 떠내려가면 달님을 만날 수 있을 것 같았다. 한두 번 해본 일도 아닌 것이다. 송천은 심호흡을 하고 아우라지로 뛰어들었다. 물은 차가웠다. 송천은 서두르지 않고 하류로 떠내려가면서 조금씩 강을 건넜다.

순식간에 벌어진 일이라 달님은 비명을 질렀다. 험악한 강물이 곧 송천을 삼킬 것만 같았다. 달님이 발을 동동 구르며 주변을 향해 소리쳤다. 아우라지 강변에서 물 구경을 하던 이들이 송천을 발견하고는 저마다 한마디씩 던지며 어서 나오라고 소리쳤다.

송천의 눈에도 사람들이 자신을 향해 손짓하는 것이 보였다. 그러나 송천은 자신 있었다. 아우라지 강에서 어린 시절을 보낸 송천이었다. 송천이 강을 절반쯤 건넜을 때였다. 골지천 상류에서 베어놓았던 소나무가 떠내려오고 있었다. 하나둘이 아니라 많은 수의 나무가 둥둥 떠내려왔다. 사람들은 송천에게 또 소리쳤다. 달님은 아예 엉엉 울고 있었다. 나무를 발견한 송천은 잠수를 했다. 흙탕물로 눈이 흐려졌다. 뭔가 머리 위를 스치는 기분이 들었다. 그 순간 송천은 물길을 놓쳤다. 몸을 뒤챈 급류가 송천의 허리를 감고 돌았다. 다리가 꼬이며 몸을 가누기가 힘들어졌다. 더 이상의 잠수도 힘들었다. 숨이 급하게 차올랐다.

돌 구르는 소리도 났다. 물속 사정은 험악하기 이를 데 없었다. 송천은 급히 머리를 들었다. 눈을 뜬 송천은 달님부터 찾았다. 고개를 이리저리 돌리고 있는데, 어느 순간 아름드리 소나무가 송천의 뒷머리를 때리며 지나갔다. 송천의 몸이 잠시 흔들리더니 팔과 다리가 따로 놀았다. 맥없이 하류로 떠내려가던 송천의 몸을 또 다른 나무가 때리며 지나갔다. 그 순간 송천은 정신을 잃었고, 몸은 급류 속으로 사라졌다.

소나무는 끊임없이 떠내려왔다. 언뜻 보였던 송천이 소나무에 가려 보이지도 않았다. 달님은 시야에서 사라진 송천을 찾기 위해 강변을 따라 뛰었다. 강변에 있던 사람들도 달님을 따라 뛰면서 송천을 찾았다. 하지만 모두들 빈손으로 돌아왔다. 달님의 비명 같은 울음이 아우라지에 하루 종일 울려 퍼졌다. 다음 날 물이 빠지며 아우라지는 평온을 되찾았다. 그러나 마을은 평온하지 않았다. 여량 사람들은 송천을 찾느라 나전을 거쳐 정선까지 갔다. 그들도 빈손으로 돌아왔다. 달님과 송천의 부모는 영월을 지나 단양까지 송천을 찾으러 갔다. 하지만 그들도 송천을 찾지 못했다.

하루하루 시간은 갔다. 그러나 어디에서도 송천을 봤다는 소식은 들려오지 않았다. 달님은 식음을 전폐하며 송천을 기다렸다. 음식을 삼킬 수도 없었다. 사람들은 송천이 곧 돌아올 거라며 집에 가서 기다리라고 했지만 그럴 수는 없었다. 싸리골에 가자고 했던 것은 달님 자신이었다. 그 이야기만 하지 않았어도 송천은 물로 뛰어들지 않았을 것이다.

보름이 흘렀고, 한 달이 흘러도 송천은 돌아오지 않았다. 그렇게 겨울이 왔다. 겨울 추위로 아우라지가 꽁꽁 얼어붙었다. 겨울은 길었다. 해가 바뀌어 다시 봄이 왔다. 아우라지에도 노란 동백꽃이 피었다. 봄장마가 지고 첫 떼가 출발을 앞두고 있었다.

보름달이 뜨는 날 밤, 그날도 달님은 아우라지 강변에서 송천을 기다렸다. 달님의 몰골은 살아 있는 사람이라 하기 힘든 정도로 야위었다. 곱던 얼굴은 온데간데없고 뼈만 앙상하게 남았다. 달님은 아우라지 강에 떠오른 보름달을 무심하게 바라보았다.

아우라지 뱃사공아 배 좀 건네주게

싸리골 올동박이 다 떨어진다

어디선가 정선아라리가 들려왔다. 처음엔 가늘게 들려오다 점점 가까이서 들렸다. 주변을 둘러보았지만 사람은 없었다. 노래는 자꾸만 들려왔다. 누구일까. 귀를 모았다. 많이 듣던 음성이 귓전을 흔들었다. 이 목소리는? 아, 송천의 목소리였다. 달님은 주변을 두리번거리며 송천을 찾았다. 하지만 송천은 보이지 않았다.

송천의 노래는 계속 이어졌다. 잠시 후 달님은 그렇게도 기다리던 이를 강물 위에서 발견했다. 물 위에 뜬 보름달이 송천의 얼굴로 바뀌어져 있었다. 송천이 달님을 향해 환하게 웃고 있었다. 달님의 눈에서 뜨거운 눈물이 주륵 흘러내렸다. 달님이 정선아라리를 부르며 송천에게로 갔다.

떨어진 동백은 낙엽에나 쌓이지
사시장철 님 그리워 나는 못 살겠네

아우라지 강물이 달님의 정강이를 채우고 곧 허리를 채웠다. 봄이라 하지만 아직 물은 얼음물처럼 차가웠다. 달님이 파문을 일으키자 송천은 물결에 의해 조금씩 밀려나고 있었다.

"당신을 여태 기다렸어요. 이제 떠나지 말아요. 가지 말아요. 예?"

달님이 송천을 애타게 부르며 물길을 헤쳤다. 물이 달님의 어깨를 감추고 목을 감싸고 돌았다. 그럼에도 달님은 멈추지 않았다. 달님이 다가갈수록 송천도 그만큼의 거리로 물러났다. 달님이 송천을 붙잡으려 손을 뻗었다. 그러던 어느 순간이었다. 달님의 몸이 소리도 없이 아우라지 강으로 사라졌다. 곧 이어 달님이 사라진 그 자리에 작은 파문이 잔잔하게 일었다. 아우라지에 보름달이 훤하게 뜬 봄날의 밤이었다.

다음 날 아침 뱃사공이 배를 띄우다가 강변에 걸려 있는 달님을 발견했다. 달님을 배에 실은 뱃사공이 정선아라리를 구슬프게 부르며 노를 저었다.

아우라지 뱃사공아 배 좀 건네주게
싸리골 올동박이 다 떨어진다

떨어진 동박은 낙엽에나 쌓이지
사시장철 님 그리워 나는 못 살겠네

아리랑 아리랑 아라리요
아리랑 고개고개로 나를 넘겨주게 끝

잠시 비가 그쳤던 날의 說

잠시 비가 그쳤던 날의 說

장마가 만들어낸 說

비가 그쳤다. 한 달 만의 일이다. 긴 장마 끝에 어느 마을에선가는 길이 끊겼고 산사태로 인해 마을이 통째로 쓸려 내려간 곳도 있었다. 사망자와 실종자가 속출했고 집들은 흔적도 없이 사라졌다. 자연의 힘 앞에서 인간은 한없이 무기력했다. 자연의 영역을 침범했던 인간들이 속수무책으로 당한 이후에도 비는 멈추지 않고 내렸다. 복구 작업은 엄두도 내지 못했고, 배고픔에 지친 사람들은 산을 넘어 삶터를 탈출했다.

지난 한 달 동안 비가 그치고 햇살이 비춘 건 단 사흘에 불과했다. 나머지 날들은 우울증이 돋을 정도로 비가 내렸다. 아비규환의 시간들이 이어지는 사이에도 휴가 행렬은 이어졌다. 또 그 시간 누군가는 해외에 나가 골프를 쳤고 누군가는 밤새 술을 마셨다. 사정은 다르지만 동술도 그 축에 속했다. 비가 오는 동안 동술은 산중 마을에 갇혀 술만 마셨다. 긴 장마가 그쳤을 때 동술의 집 마당엔 몇 박스 분량의 술병이 뒹굴었다. 지나가던 고물장수가 빈병을 챙겨가면서 그냥 가기 미안했던지 빨랫비누 다섯 장을 던져주기까지 했다. 동술은 그 비누를 무엇에 쓸까 생각하다가 곰팡이로 얼룩진 옷가지를 빨기로 했다. 그날은 마침 햇살도 좋았다. 모처럼 개인 하늘을 그냥 흘려보낼 수도 없었다. 동술은 옷들을 챙겨 집을 나섰다.

비가 오는 내내 한숨만 짓던 이웃집 농부는 날이 들자 웃자란 고추밭에 농약을 쳤다. 물기를 흠뻑 빨아들인 고춧대는 이미 어른 키만큼 자라 있었다. 농부는 부쩍 자란 고추가 햇볕에 견디지 못할 것 같다며 이번엔 맑은 하늘을 원망했다. 동술은 농부의 푸념을 귓전으로 흘리며 고추밭을 지났다.

개울은 빨래를 하기에 알맞을 정도로 물이 불어 있었다. 쓰레기 더미들이 하류로 쓸려 내려간 터라 개울가는 깨끗했고 물은 백옥같이 맑았다. 동술은 빨래하기에 적당한 장소를 찾아 자리를 잡았다. 밀린 빨래가 얼마나 많던지 그것을 다 빨고 나니 반나절이 훌쩍 지나갔다. 빨래를 끝낸 동술은 옷들을 뜨겁게 달구어진 바위 위에 널었다. 그리곤 긴 하품을 하며 근처의 돌배나무 그늘을 찾아 들어갔다. 동술은 특별히 할 일이 없었으므로 옷이 마를 때까지 무엇을 하며 시간을 보낼까 고민했다.

'잠이나 잘까?'

그러나 잠을 청하기에도 멋쩍은 시간이었다. 담배를 피워 문 동술은 책이라도 한 권 챙겨 나오지 않은 것을 후회했다. 청탁받은 원고를 쓰기 위해 억지로라도 읽어야 할 책이 몇 권은 되었는데 비 때문에 미뤄진 게 생각났다. 비 그치면 시작하리라 마음먹고 있었지만 동술은 그나마도 스스로 한 약속을 지키지 않고 있었다. 동술은 '에라, 모르겠다. 어떻게 되겠지' 하곤 다리를 꼬고 누워서는 케 쎄라 쎄라를 불렀다. 노래를 흥얼거리며 문득 올려다본 하늘은 구름 한 점 없는 청보라색 하늘이었다.

'김지연….'

하늘을 올려다보던 동술의 입에서 한 여자의 이름이 중얼거려졌다. 그는 곧 이어 꼬았던 다리를 풀며 몸을 벌떡 일으켰다.

'지독히도 닮았군.'

청명한 하늘색이 김지연의 이미지와 매우 닮았다고 생각했다. 그러고 보니 그 여자가 입었던 옷도 청보라색이었다.

그녀를 만난 것은 공교롭게도 장마 중 일주일 혹은 열흘 간격으로 잠시 비가 그친 날이었다. 비가 그친 사흘 중 하루는 해변가에 있는 용궁굿당에 갔었고, 또 하루는 집안을 난장판으로 만든 쥐를 잡는 데 허비했고, 마지막 하루는 지역에서 활동하던 시인의 출판기념회에 참석했다가 곤죽이 되도록 술을 마셨다.

잠시 비가 그친 첫째 날, 용궁굿당 說

잠시 비가 그쳤던 하루 중 첫째 날은 모처럼 비도 그쳐 동술은 걸어서 1시간 거리에 있는 해변으로 갔다. 비구름이 인근 마을까지 밀려온 탓에 지역에 따라 폭우가 쏟아지거나 가랑비가 내렸다. 그러나 동해안의 작은 어촌인 명파해변은 비가 오는 대신 해가 쨍하고 떴다.

휴가철이라 해변은 사람들로 붐볐다. 내륙의 계곡들이 비에 휩쓸리면서 난장판이 되자 휴가객들은 난민처럼 비가 오지 않는 곳을 찾아다녔다. 그런 이유로 산 너머 마을만 해도 비 난리로 사람이 죽어갔지만 해변은 딴 세상처럼 흥청거렸다. 해변가엔 여성들도 많았다. 몸매에 자신 없거나 가슴이 작은 여성은 반바지에 면티를 입고 있었다. 반면에 터질 듯한 몸매를 자랑하는 여성들은 죄다 비키니 차림으로 해변을 활보했다. 산중 마을에서 몸빼 바지에 뽀글뽀글 파마머리를 한 아낙들만 보던 동술의 눈이 휘둥그레지는 것은 당연한 일이었다.

하지만 그날은 무척이나 덥고 습도까지 높았다. 해변을 다 둘러보기도 전에 동술의 등짝으로는 땀이 비 오듯 흘렀다. 동술은 땀이나 식히자며 젊은 과부댁이 운영하는 노점을 찾았다. 과부댁은 호들갑스러울 정도로 동술의 등장을 반겼다. 파라솔 하나를 차지한 동술은 앉자마자 오징어 회와 냉 소주 한 병을 시켰다. 과부댁은 그동안 비 때문에 장사를 망쳤다며 입을 한발이나 빼물었다.

"어따, 그간 공친 건 오늘 복구하면 되잖아요."

동술이 조금은 통명스럽게 말했다. 그 동안엔 과부댁에게 이런저런 농이라도 걸었지만 이런저런 놈들과 놀아난 것을 소문으로 들은 이후부터는 농도 건네지 않았다. 동술의 그런 기분을 아는

지 모르는지 과부댁은 시키지도 않은 참외 안주까지 내놓으며 자꾸만 말을 걸어왔다. 동술은 해변을 뛰노는 비키니 여성들을 바라보며 그때마다 건성으로 대꾸했다.

"오늘 밤 뭐 하세요?"

과부댁의 느닷없는 질문에 술을 들이키던 동술이 "예?" 하고 술잔을 꺾었다.

"오늘 밤에 뭐 할 거냐고 묻고 있잖아요."

말귀를 못 알아들은 것도 아닌데 과부댁은 같은 질문을 되풀이하고 있었다. 동술은 그 순간 '이 여자가 남자 사냥에 재미를 붙였나' 하는 생각까지 했다. 그러지 않고서야 대낮부터 은근짜를 놓을 턱이 없기 때문이었다. 어쨌거나 과부댁이 먼저 암내를 피우는 행위 자체야 기분 나쁠 것이 없었다. 동술이 뭔가 생각을 하는 척 잠시 뜸을 들이고는 꺾었던 잔을 비웠다.

"특별한 일이야 없소만, 왜 그러는데요?"

그렇게 묻는 이유 정도는 알아야 속도를 맞출 수 있을 것이었다.

"허긴, 낮술이나 마시는 한량에게 무슨 약속이 있겠다고 그런 걸 물어보는 내가 잘못이지."

과부댁이 스스로 한심스럽다는 듯 그렇게 말머리를 잡더니 말을 이었다.

"별일 없으면 저녁에 시원한 맥주나 한 잔 하자고요."

과부댁의 말에 동술은 속으로 드디어 일이 진행되는군, 하며 빙긋 웃었다.

"맥주 좋지요. 하지만 내 처지가 그런 거나 마시고 다닐 만큼 한가하지 않아서 말이요."

동술이 슬며시 한발을 빼는 듯한 표정을 지었다.

"그깟 맥주 값이 얼마나 된다고. 그런 걱정일랑 말고 이따가 읍내 교육청 앞에 있는 「동물극장」 여우룸에서 만납시다. 알겠죠?"

과부댁이 다짐을 받듯 말했다.

'허, 일사천리로세.'

과부댁의 일처리는 역시다 싶었다. 고개를 끄덕인 동술은 만면에 웃음을 머금으며 앞가슴으로 흐르는 땀을 훔쳤다.

"시간은요?"

"장사가 끝나야 하니 밤 9시에 봐요."

더위가 싹 가시는 제안이었다. 그 시간이면 하룻밤을 같이 보내자는 말과 다르지 않았다.

"약속이 되었으면 술은 이따가 같이 마시기로 하고 그때까지 각자의 볼일이나 봅시다. 알았죠?"

과부댁의 말은 공연히 낮술 마시고 아무데서나 떨어지지 말라는 뜻이었다. 역시 마다할 일이 아니었기에 동술은 슬그머니 과부댁 곁을 떠났다.

해변은 싱그럽고 활기찼지만 삼십 대 후반의 동술에겐 따분하고 지루한 곳이었다. 시간이 지나자 비키니 여성들을 바라보는 것도 그림의 떡처럼 심드렁했다. 과부댁과 약속을 했던 터라 낮술을 마실 수도 없고 그렇다고 마땅히 시간을 보낼 곳도 없었다. 집으로 가면 다시 나오기 귀찮아질 것 같아 산으로 들어갈 수 없었다.

동술은 생각 끝에 근처에 있는 용궁굿당으로 가기로 했다. 그곳이라면 빈 시간을 요긴하게 채울 수 있을 듯싶었다.

용궁굿당은 해수욕장에서 십 리 정도 떨어진 곳에 있었다. 근처엔 바위가 있어 바다낚시를 즐기는 이들이 즐겨 찾았다. 동술이 해변과 가까운 산중 마을에 살게 된 원인을 굳이 찾자면 용궁굿당을 알게 되면서부터였다. 지난 정월대보름 날 용궁굿당에선 제법 큰 굿판이 벌어졌다. 그 사실을 전해 들은 동술은 용궁굿당을 찾아 굿이 이어진 사흘 동안 그들과 함께했다. 동술은 그것을 바탕으로 단편소설 하나를 마무리했고, 평론가들로부터 좋은 평을 받았다. 동술은 내친 김에 용궁굿당을 무대로 한 연극 대본을 써보겠노라 작심하고 지난 초여름 산중 마을에 있는 빈집으로 들어왔다. 그리고 얼마 후부터 지루한 장마가 이어졌으니 동술의 계획은 처음부터 어긋날 수밖에 없었다.

해수욕장을 벗어나니 비로소 한적한 해변이 나타났다. 바위는 그날도 낚시꾼들의 차지였다. 낚시꾼을 따라온 가족들은 심심했던지 파도에 밀려온 미역이나 다시마를 줍고 있었다. 용궁굿당은 바위 지대를 지나 조금 더 걸으면 있었다. 예전엔 한적한 어촌이었을 마을은 용궁굿당이 들어서면서 고급 승용차들이 드나드는 마을이 되었다. 마을이라 해봤자 슬레이트 지붕을 한 집이 너댓집 있는 정도였다. 용궁굿당이 생긴 이후 그 집들 중 하나는 구멍가게를 열었고, 또 다른 집은 민박집으로 변신했다. 용궁굿당은 그 중에서 해변과 가장 가까이에 있는 집이어서 전망만큼은 언덕 위에 있는 펜션보다도 좋았다. 그 때문에 용궁굿당도 간판만큼은 굿당이 아닌 용궁민박으로 달아놓았다.

오래된 집을 개조해 만든 용궁굿당은 사람이 묵는 방이 열 개도 넘었고, 굿당으로 쓰는 방도 다섯 개나 되었다. 다섯 개의 굿당에서 굿이 다 펼쳐질 땐 온 동네가 떠들썩할 정도로 규모가 컸고 사람도 많았다. 그때는 무당도 부족해 다른 지역에서 급히 모셔 와야만 했다.

용왕신을 모시는 굿당은 바다를 정면으로 볼 수 있게 통유리를 달았다. 그런 이유로 해변에서도 굿하는 모습을 지켜볼 수 있었지만 사람들은 굿당 앞의 해변엔 얼씬도 하지 않았다. 어쩌다 굿당 앞을 지나치던 사람들도 굿하는 장면을 보는 순간 소스라치게 놀라며 도망치기 일쑤였다.

용궁굿당 주변엔 굿당임을 알리는 신기(神旗)와 신간(神竿) 등이 여기저기 꽂혀 있었다. 굿당에선 언제나 그러하듯 그날도 굿이 진행되고 있었다. 장구 소리와 징 소리가 입구까지 흘러나왔다. 동술은 슬그머니 굿판에 끼어들었다. 굿당 안엔 무당이 사설을 하고 있었고, 반주자 둘과 몇 명이 더 있었다. 무당 옆에서 두 손을 모으고 있는 여인은 굿을 올리는 사람일 터였다. 상차림을 보아서는 돈이나 정성을 꽤나 들인 듯했다.

용궁굿당을 운영하는 이는 최선화 무당이었다. 그이는 할머니와 어머니에 이어 무당의 길을 걷고 있는 전형적인 세습무당이었다. 그런 이유로 다른 것은 몰라도 사설 하나만큼은 일대에서도 알아주었다. 동술이 처음 용궁굿당을 찾았을 때 최선화는 사설만 다섯 시간을 넘게 했다. 그렇게 오랜 시간 사설을 늘어놓으면서도 최선화는 지치지도 않았다. 귀신을 불러내 혼을 낼 땐 그녀가 용왕이라고 생각되어질 정도였다.

동술이 굿판에 자리를 잡았을 때 무당은 귀신을 쫓고 있었다. 최선화 무당의 귀신 물리치는 솜씨는 여전했다.

"어허, 이런. 환자에게 하리가망이 붙었구나. 어허, 이놈의 귀신아. 니가 어디 할 일이 없어 인간의 그림자가 되었느냐. 원한이 있어서 그렇다고? 어허, 이놈 보게. 니 놈이 용왕인 내게도 거짓을 고하느냐? 니 놈의 수작이 뻔하거늘 무슨 억하심정이 있다고 선하게만 살아온 사람에게 붙어 피고름을 만들고 산자의 정신까지 혼망하게 만드느냐. 어허, 이놈아 당장 꺼지거라. 어허, 이놈 귀신 주제에 말도 많구나. 어서 꺼지지 못할까!"

최선화 무당이 삼지창을 들고 겅중겅중 뛰었다. 장구와 징 소리가 더욱 빨라졌다. 무당과 반주자들의 얼굴에선 땀이 비 오듯 흘러내렸다. 굿을 올리는 여인의 기도도 더욱 간절해졌다. 굿당 안은 무구 소리와 무당의 귀신 쫓는 소리로 달아올랐다. 반주자들의 신명이 하늘에 닿았는지 징 소리와 바라 소리가 더욱 커졌다. 무당을 따라 겅중겅중 뛰는 사람도 생겨났다.

굿당 안에 있는 이들이 비나이다 비나이다를 주술처럼 외기 시작했다. 모두가 굿에 취해 있을 때 두 손을 모은 채 조용히 기도만 하고 있는 여인이 있었다. 그녀는 자그마한 몸에 하늘빛을 닮은 투피스 차림이었는데, 유난히 가늘고 긴 손가락이 인상적으로 다가왔다. 굿당에서는 좀처럼 만나기 힘든 이미지를 지닌 그녀에게 동술의 시선이 머무는 것은 당연한 일이었다. 동술의 시선이 그녀에게 머물기 시작한 것은 그때부터였다.

오랜 시간 이어진 굿으로 인해 지쳐 보였지만 그녀의 긴 목선으로 흘러내린 머릿결은 곱기만 했다. 두 손을 포개고 기도하는 자태가 무척이나 숭고해 보였지만 어쩐지 그 모습이 동술에겐 자극제 역할을 했다. 가늘고 긴 그녀의 손가락이 움직일 때마다 동술의 몸은 출처를 짐작할 수 없는 흥분이 스멀스멀 생겨났다.

동술은 굿 구경을 왔다가 횡재수라도 만난 사람처럼 그녀에게로 바싹 다가앉았다. 가까이서 본 그녀는 더 곱고 아름다웠다. 흔히 농익은 예술가의 나이를 대중할 수 없듯 그녀도 삼십 대로만 보일 뿐 결혼을 했는지 미혼인지조차 짐작할 수 없었다. 점 하나 없는 목선과 가늘고 긴 손가락만 본다면 그녀는 사람이 아니라 상상 속에서나 그릴 수 있는 여인처럼 느껴졌다. 그래서인지 실내가 후끈 달아오르고 있었지만 그녀는 더운 기색조차 비치지 않았다.

굿은 어둠이 내리고서야 끝이 났다. 오후 들어 먹구름이 모여들었지만 다행히 비는 오지 않았다. 바다에서는 소금기를 머금은 끈적한 바람이 불어왔다. 해변에선 오랜만에 폭죽이 쏘아졌다. 불꽃이 밤하늘을 수놓자 젊은이들의 환호 소리가 굿당까지 들려왔다.

"오늘은 작가선생도 오셨구랴."

굿을 끝낸 최선화 무당이 알은체를 했다. 동술이 굿 구경을 잘했다고 하자 최 무당이 "굿도 사람이 있어야 신명이 나는 거래요. 구경꾼이 없으면 귀신 부리는 일도 맥이 빠져요"라며 떡을 주섬주섬 챙겼다.

동술이 괜찮다며 마다하자 이번엔 그녀가 "굿 떡은 나눠 먹어야 굿한 효험이 있다고 합니다"라며 떡과 과일을 챙겨왔다. 동술은 엉겁결에 그녀가 건넨 떡 봉지를 받아들었다. 워낙 순간적으로 일어난 일이어서 그녀와 손가락 끝이라도 스쳤는지 짐작할 수 없었다.

"젊은 보살님 말씀이 맞네요. 굿판에 와서 굿 떡을 안 먹으면 쫓겨 가던 귀신이 작가선생 몸에 붙는 답니다."

최 무당이 그녀의 말을 이었다. 동술이 "에이, 설마요"라며 웃었다.

"쯔쯔, 저래 가지고 무슨 연극을 만들겠다고 여길 기웃거리는지."

최 무당이 무구를 챙기며 혀를 찼다. 최 무당과 이야기를 나누는 사이 굿당을 나간 그녀의 모습이 보이지 않았다. 식사를 하는가 싶어 식당을 찾아갔지만 다들 있는데, 그녀만 없었다. 괴이쩍었다. 갑자기 그녀가 사라질 이유는 하나도 없어 보였다. 굿당 마당에 있던 차량이 빠져나간 흔적도 없었다. 그녀는 대체 어디로 갔단 말인가?

잠시 비가 그친 또 하루, 쥐 잡는 날의 說

용궁굿당에서 그녀를 처음 본 날 동술은 과부댁과 한 약속을 지키지 못했다. 그날 동술이 용궁굿당을 떠난 건 과부댁과 한 약속 시간을 훌쩍 넘긴 후였다. 마을을 돌며 그녀를 찾던 동술은 텅 빈 굿당에 홀로 남아 그녀가 나타나기만을 기다렸다. 그러나 그녀는 굿당으로 돌아오지 않았다. 사람들이 다 떠나고 빗방울이 일자 동술은 집으로 돌아왔다. 동술의 손에는 그녀가 건넨 떡 봉지가 여전히 들려 있었으며, 그 떡을 다 먹을 때까지는 사흘이라는 시간이 더 흘렀다. 그 기간 동안에도 비는 그칠 생각이 없다는 듯 줄기차게 내렸다.

동술은 때때로 그녀를 떠올리며 그녀가 했던 말과 동작을 흉내 내어보았다. 두 손을 모으고 기도하는 그녀의 모습을 흉내 낼 땐 마치 그녀가 된 듯한 착각에 빠지기도 했다. 그녀를 생각할수록 보고 싶은 마음도 커져갔다. 혹여 그녀를 만날까 싶은 마음에 동술은 빗속을 뚫고 용궁굿당을 기웃거리기도 했다. 그러나 아무리 기다려도 그녀를 만날 수는 없었다.

그녀를 다시 만난 건 쥐약을 사기 위해 약국에 갔을 때였다. 쥐들이 밤낮을 가리지 않고 천장을 뛰어다니는 것까지는 참을 수 있었다. 서로의 공간에서 각자의 삶을 살아가는 것도 이해할 수 있었다. 그러나 쥐들이 서로의 경계를 넘어 읽어야 할 책까지 씰어대는 것은 동술로서도 견딜 수가 없는 일이었다.

동술은 쏟아지던 비가 잠시 그친 틈을 타 읍내의 약국으로 향했다. 거리에서 만난 사람들의 표정은 질기게 내리는 비에 지친 듯 하나같이 눅눅한 걸음으로 거리를 오고갔다. 가는 날이 장날이라고 마침 그날은 휴일이어서 문을 닫은 약국이 많았다. 동술은 당번 약국을 찾아 작은 읍내를 한 바퀴나 돌았다.

그날 그녀는 작은 꽃무늬가 레이스처럼 달려 있는 양산을 쓰고 있었으며 하늘빛 투피스를 입고 있었다. 옷 밖으로 드러난 그녀의 피부는 여전히 가녀리고 눈이 부시듯 희고도 고왔다.

그녀를 만난 순간 동술은 외마디 신음을 짧게 뱉었다. 얼마나 반갑던지 오랫동안 그리워하던 여인을 만난 듯 팔을 벌려 그녀를 덥석 안을 뻔도 했다. 하지만 그러한 동술의 기분을 알 리 없는 그녀는 무심한 표정으로 양산을 접으며 약국 문을 열었다. 머쓱해진 동술은 문이 닫히기 전에 그녀를 따라 약국 안으로 들어갔다. 흰 가운을 입은 약사가 두 사람이 들어서자 가볍게 인사를 보냈다.

그녀가 판매대 앞으로 다가서며 말했다.

"지난 번 말씀드렸던 약…."

그녀의 말에 약사가 "아, 그 약이요" 하며 조제실로 들어갔다. 그녀의 목소리는 굿당에서 들었을 때보다 맑고 깨끗했다. 바닷가 사투리를 심하게 쓰는 과부댁과는 비교도 할 수 없을 정도의 우아함과 품위가 동시에 배어 나왔다. 동술은 그녀의 정갈한 뒷모습을 바라보며 묘한 흥분에 젖어 들었다. 잠시 후 약사는 작은 포장꾸러미를 가지고 나왔다.

"생산이 중단된 약이라 구하는 데 어려움을 겪었습니다."

그녀가 "고맙습니다"라며 약을 받아들었다.

"얼마 드리면 되죠?"

그녀가 손지갑을 열며 물었다. 약사가 "십만 원만 주세요"라며 말을 이었다.

"요즘엔 이 약보다 좋은 약이 많이 나왔는데 굳이 이 약을 찾는 이유라도 있나요?"

"이 약만 찾으셔서요."

그녀가 돈을 건네며 말했다. 계산을 치른 그녀는 "보름 후에도 부탁합니다"라는 말을 남기고 약국을 나섰다. 약사가 동술을 향해 "뭘 드릴까요?"라고 물었지만 동술은 그 말이 끝나기도 전에 "잠시 후 다시 오겠습니다"라는 말을 남기고 그녀를 따라나섰다. 이대로 헤어지기엔 아쉬움이 너무 많았다.

그녀는 양산을 펼쳐 들고 횡단보도를 건너는 중이었다. 동술은 적당한 거리를 두며 그녀의 뒤를 따랐다. 동술은 그녀를 다시 한 번 만나고 싶다는 생각만 했지, 딱히 할 말이 있는 것도 아니었다. 동술로서는 그녀의 이름이 무엇인지, 어떤 일을 하는지, 그녀가 왜 용궁굿당에 왔었는지, 그녀에 대해 아는 것이 하나도 없었다. 그런데도 동술은 자석에 이끌리는 쇠붙이처럼 그녀를 따라가고 있었다.

'한마디 말이라도 걸어볼까?'

그런 생각을 잠시 했다. 하지만 무슨 말을 해야 할지 스스로도 난감했다. 슬며시 다가가 길을 묻는 척하며 말을 걸다 우연인 듯 "언젠가 우리 용궁굿당에서 만났었죠? 왜 제게 떡도 챙겨 주셨잖아요"라고 말머리를 잡아도 되겠지만 그건 너무 유치한 일이었다. 여자가 "어머 그렇군요. 반가워요" 하며 반색이라도 하면 다행이지만 기억에 없다는 듯 고개를 갸웃거렸을 땐 대책이 없었다.

신협 건물을 지난 그녀가 크라운베이커리로 들어갔다. 그곳에서 그녀는 빵과 아이스크림을 사 들고 나왔다. 걷는 모습도 빵을 사는 그녀의 모습도 가끔씩은 고혹적으로 보이는 뒷모습까지 동술에겐 그 모든 것이 자극적으로 다가왔다.

잠시 어디로 갈까 고심하는 듯 걸음을 멈춘 그녀는 마음이 정해졌는지 교육청을 향해 걸었다. 경찰서를 지나고 초등학교도 지났다. 그 사이 그녀는 뒤 한 번 돌아보지 않았고 어떤 사람과도 아는 척을 하지 않았다. 그것은 이 지역에 아는 사람이 없다는 방증이고 그녀 역시 이 지역 사람이 아니라는 것 하나는 분명해 보였다.

해변으로 이어지는 길로 들어선 그녀는 아담한 2층집으로 들어갔다. 동술은 반쯤 열려 있는 쪽문 사이를 기웃거리며 집안을 살폈다. 그녀가 들어갔음에도 집안은 조용했다. 그녀의 집인지도 확인할 수 없었다. 인기척이 들리지 않는 집에는 널린 빨래도 없었고 뛰어 노는 아이들의 소리도 들리지 않았다. 사람이 살고 있다는 것을 느낄 수 있는 것은 열린 창문과 잘 가꿔진 정원뿐이었다.

동술은 2층집이 잘 보이는 곳으로 자리를 옮겼다. 마침 그곳에는 마을 사람들이 내어놓은 의자들이 있어 그녀를 기다리기엔 더없이 좋은 장소였다.

점심시간이 훌쩍 지났다. 아침을 건너뛴 탓에 허기가 몰려왔다. 조금만 더 기다려보기로 했다. 그러나 한 시간이 지나도 그녀는 보이지 않았다.

뒷문이라도 있단 말인가?

순간 그런 생각이 들었다. 너무 조용한 것이 마음에 걸렸다. 동술은 그녀가 들어간 집의 옆 골목으로 가보았다. 뒷집과 맞닿아 있어 뒷문은 만들어질 수도 없었다. 동술은 다시 의자로 돌아왔다.

오후가 되자 하늘이 다시 흐려지기 시작했다. 구름이 끼는가 싶더니 이내 빗방울이 일었다. 그때까지 그녀는 문밖출입도 하지 않았다. 그쯤 되니 2층집이 그녀의 집이라는 확신이 들기 시작했다. 아는 사람의 집을 방문한 것이라면 이토록 오래 있을 이유는 없을 것 같았다.

빗방울이 점점 굵어졌다. 옷은 이미 젖었지만 날씨로 보아 더 이상 기다리는 것은 무리라는 판단이 들었다. 그녀의 집을 알아둔 것만으로도 큰 소득인 날이었다.

동술은 비에 흠뻑 젖은 몸으로 약국으로 갔다. 약사는 쥐약보다는 편리한 끈끈이가 있는 쥐포수를 권했다. 동술도 쥐약은 비인간적인 데다 또 다른 피해가 염려되어 약사의 권유를 받아들였다.

"오전에 약국에 들렀던 그 여자분 명파읍에 사시는 분인가요?"

셈을 치르며 그녀에 대해 물었다. 그녀의 기록이 약국에 남아 있을지도 모른다는 판단에서였다.

"아, 김지연 씨요? 명파분은 아니시고 이곳에 연고가 있나 봐요. 근데 왜요?"

약사가 그녀의 이름을 대며 되물었다. 동술은 "어디서 본 듯한 얼굴이라서요"라며 얼버무렸다.

"어느 방송국인지 아나운서라니 그럴 수도 있겠네요."

약사의 말에 동술은 역시 그랬군, 하고 중얼거렸다. 지금까지 보여준 그녀의 행동이 이제야 실이 꿰지듯 이해가 되었다. 정갈하고 단아한 몸동작과 말투가 그녀의 직업과 잘 어울린다는 생각이 들었다.

그때 약국 문이 급하게 열리며 아이를 들쳐 업은 아낙이 들어왔다. 아낙은 아이가 체한 것 같은데 어찌하면 좋겠냐고 약사에게 매달렸다. 약사가 아낙을 진정시키며 아이의 상태를 살폈다. 그녀에 대해 물어볼 것이 많았으나 그럴 처지가 아닌 것 같았다. 약사의 시선이 아이에게로 옮겨지는 사이 동술은 목례를 하고 약국을 나섰다.

밖으로 나오자 빗줄기는 방금 전보다 더 강해져 있었다. 동술은 우산도 없이 거리를 걸었다. 거리를 걷는 내내 동술의 머릿속엔 그녀 생각뿐이었다. 어떤 연유로 명파에 머무는지 알 수는 없지만 약사에게 들은 말만으로 짐작하자면 그녀는 명파를 곧 떠날 게 분명했다. 그런 생각에 이르자 동술의 마음이 급해졌다. 동술은 집으로 향하던 발길을 돌려 그녀가 들어간 집으로 걸음을 옮겼다.

교육청 앞의 술집인 「동물극장」을 지날 땐 한 쌍의 남녀가 건물 계단을 내려왔다. 남자가 우산을 펴며 여자를 기다렸다. 뒤따라 내려온 여자가 우산 속으로 들어가며 남자의 허리를 안았다. 과부댁이었다. 그녀는 비에 젖은 동술을 경멸에 가득 찬 표정으로 흘깃하더니 고개를 돌렸다.

"어서 가요."

그렇게 말하는 과부댁의 입에선 옅게 술 냄새가 났다. 동술도 과부댁의 시선을 애써 피하며 길을 건너갔다. 과부댁과 남자는 건물을 돌아 여관이 있는 골목으로 들어갔다. 동술은 우산을 들고 있어야 할 남자가 자신이 되었을 수도 있겠다며 풀썩 웃었다. 세상이란 게 다 그렇고 그런 것이었다.

폭우가 내리자 거리는 물바다로 변했다. 동술은 비에 젖은 의자에 앉아 그녀를 기다렸다. 어둠이 내릴 때까지 그녀는 문밖출입도 하지 않았다. 비는 그칠 줄 모르고 동술의 몸을 적셨다. 오랜 시간 비를 맞아서인가. 소름이 돋으며 몸이 으실으실 추워왔다. 이런 상태로 밤을 새운다는 것은 무리라는 생각이 들었다. 집은 걸어서 한 시간도 넘게 걸렸다. 아쉽지만 집으로 돌아가야 할 시간이었다. 동술은 짙은 어둠을 가르며 걸음을 재촉했다.

집으로 돌아온 동술은 거울을 보며 실성한 사람처럼 한참을 웃었다. 쥐를 잡겠다며 쥐포수를 사온 자신이 오히려 비에 흠뻑 젖은 생쥐와 다름없어 보였다. 동술은 그제야 자신을 바라보던 과부댁의 표정이 그러할 수밖에 없었음을 이해할 수 있었다.

샤워를 끝낸 동술은 쥐들이 다닌 흔적을 따라 쥐포수를 놓았다. 끈끈이 위에는 오래전 술안주로 사놓았던 땅콩을 미끼로 올려놓았다. 이젠 쥐가 걸려들 때만을 기다리면 되었다.

처음 한 마리의 쥐가 잡힌 것은 쥐포수를 놓은 지 세 시간 남짓 흘렀을 때였다. 동술은 그 시간 동안 티브이 앞에 앉아 있었다. 혹여 그녀가 나올지도 모른다는 생각에 이런저런 방송을 보며 시간을 보냈다.

쥐포수에 걸린 쥐는 오줌을 지리며 발버둥 쳤다. 발버둥을 치면 칠수록 끈끈이는 더욱 강하게 들러붙었다. 그러나 쥐포수에 걸린 쥐가 죽을 때까지 지켜보는 것은 여간 괴로운 일이 아니었다. 동술은 하는 수 없이 연탄집게로 쥐를 떼어냈다. 쥐의 몸에는 끈끈이가 덕지덕지 붙어 혼자 도망칠 수도 없을 것 같았다. 동술은 떼어낸 쥐를 마당 밖으로 던졌다.

그날 동술이 아침이 밝아오도록 잡은 쥐는 아홉 마리나 되었다. 아침이 되었는데도 비는 그치지 않았다. 티브이에서는 불어난 강물을 배경으로 선 기자가 한강에 홍수경보가 내렸다는 상황을 숨 가쁘게 전하고 있었다.

잠시 비가 그친 마지막 날, 고인이 된 어느 시인의 출판기념회 說

폭우는 며칠간 이어졌다. 외부로 연결되는 도로가 유실되었고 고립된 사람들은 산을 넘어 마을을 탈출했다. 티브이에서도 연일 폭우로 인한 피해 상황을 보도하기에 바빴다. 동술도 읍내로 통하는 길이 물에 잠겨 사흘간이나 고립되어 있었다. 비가 잠시 그친 날 물이 빠지면서 도로는 제 모습을 드러냈으나 깊은 상처를 남긴 후였다.

비가 잠시 그친 날 동술은 읍내로 가야 했다. 안면이 있는 사이는 아니지만 지역의 시인이 출판기념회를 한다는 초대장을 받은 데다 무엇보다 그녀를 찾아보아야 했기 때문이다. 읍내로 통하는 길은 장마로 유실되었다고 했다. 하는 수 없이 동술은 먼 길을 돌았다. 그 길도 크고 작은 산사태로 인해 곳곳에 생채기를 남기고 있었다. 높은 곳에서 바라본 피해 현장은 처참하기 이를 데 없었다. 계곡에선 실종자를 찾기 위한 수색이 진행되고 있었다. 소식을 듣고 급히 달려온 가족들은 서로 부둥켜안은 채 눈물만 흘렸다.

읍내의 하늘은 모처럼 해가 떴고 해변으로는 흰 구름도 걸려 있었다. 읍내는 큰 피해를 입지 않아서인지 평온했다. 아낙들은 모처럼 맑은 하늘이 드러나자 밀린 빨래를 하느라 정신이 없었다. 집집마다 빨래가 눈부시게 나부꼈고 우울증에 걸려 있던 거리도 조금씩 활기를 되찾고 있었다.

동술은 주머니에 있던 초대장을 꺼냈다. 출판기념회 초대장을 받은 건 폭우가 쏟아지던 나흘 전 오후였다. 그날 우편배달부는 "아마 내일부터는 며칠 못 들어 올 겁니다"라는 말을 남기고 오토바이를 몰았다. 그의 말은 곧 적용되었고 그로부터 사흘간 우편배달부는 나타나지 않았다.

고립된 사흘 동안 마을 사람들은 반쯤 공황 상태에 빠져 있었다. 전화는 물론 전기가 끊어지더니 곧이어 수도마저 끊어졌다. 그런 상태에서 문명에 길들여진 인간이 할 수 있는 일이라고는 아무것도 없었다. 위험을 무릅쓰고 산을 넘어 탈출을 하거나 쏟아 붓는 빗줄기를 바라보며 술을 마시는 일밖에 없었다. 술과 담배가 떨어진 후에는 빈 병을 헹구어 마시거나 눅눅해진 시래기를 말아 피웠다. 어느 집이라고 할 것 없이 마당에는 냉장고에서 나온 썩은 음식들이 비에 젖고 있었고, 산짐승들은 그 음식을 먹기 위해 빗

길도 마다하지 않았다. 눈 뜨고 지켜보기 힘들 정도로 참혹한 시간이었다.

읍내로 나온 동술은 우선 몸부터 씻어야 했다. 동술의 몸에선 고약한 냄새가 나고 있었으며 몸 어딘가에선 곰팡이 냄새가 나는 것도 같았다. 따가운 햇볕이 냄새를 더욱 역하게 만들었으므로 동술은 가까운 목욕탕으로 걸음을 옮겼다.

욕조에 몸을 담근 동술은 그녀를 떠올렸다. 굿당에서 그녀를 만난 이후 그녀를 머릿속에서 지워버린 적이 없었다. 억수 같은 비가 밤낮을 가리지 않고 내릴 때에도 동술의 생각은 그녀에게로 가 있었다. 다른 이들은 비 걱정에 잠을 이루지 못했지만 동술만큼은 그녀 생각으로 잠을 이루지 못했다. 전기가 끊기지 않았다면 방송으로나마 그녀를 만날 수 있었겠지만 정전으로 인해 그마저도 성사되진 못했다.

출판기념회가 시작되려면 두어 시간이나 남아 있었다. 목욕탕을 나온 동술은 시간을 보내기 위해 피시방으로 갔다. 며칠째 소식이 끊긴 탓에 동술의 안부를 궁금해하는 메일이 있지 않을까 싶었던 것이다. 아니나 다를까, 동술의 이메일에는 장마로 인해 사고라도 나지 않았는지를 묻는 글들이 적잖이 있었다. 동술은 그간의 일들을 제법 소상히 적어 답장을 보냈다. 잡지사에서 온 메일은 분명 청탁한 원고에 관한 내용일 것이었다. 동술은 원고를 시작도 하지 않았으므로 읽지도 않았다.

산 아래로 그늘이 드리워지는 시간, 피시방을 나온 동술은 출판기념회가 열리는 문화예술회관으로 갔다. 바다가 시원스럽게 보이는 언덕에 자리 잡은 문화예술회관은 이름만큼 제 역할을 다하지 못하고 있었다. 1층과 2층은 군청사로 사용되고 있었으며 2층의 자투리를 전시공간으로 남겨놓고 있었다. 전시장엔 지역 출신 화가가 전람회를 하고 있었는데, 그 모양새가 바라보는 사람이나 작품을 전시하는 화가나 민망하기 짝이 없을 정도로 초라했다.

출판기념회는 3층 공연장에서 열렸다. 계단을 올라서자 화환이 도열하듯 늘어서 있었다. 동술이 방명록에 서명을 하고 덕담을 남기는 사이 몇 사람이 계단을 올라왔다. 책을 받아든 동술은 아는 사람이 없었으므로 화환의 리본에 적힌 내용을 천천히 읽어갔다. 리본에 적힌 내용은 다 그렇고 그런 내용이었다. 천천히 걸음을 떼던 동술의 시선이 국화꽃으로 장식한 화환에 머물렀다. 출판기념회장에 어울리지 않는 화환이었다. 뭔가 이상하다 싶어 리본에 적힌 글을 읽어보았다.

'고인이라니?'

동술은 초대장을 꺼내보았다. 고인이라는 내용은 없었다. 영안실로 가야 할 화환이 배달 사고를 일으킨 것이 아닐까 싶었지만 리본에는 '故 최명순 여사의 유고 시집 출판기념회를 축하드립니다'라는 글귀가 적혀 있었다. 그러고 보니 출판기념회의 주인공이라고 짐작되는 사람이 보이지 않았다. 출판기념회라고 하면 으레 시인이 손님을 맞고 사인하는 모습이 보여야 하는데 그렇지 않은 게 이상했다.

동술은 공연장으로 들어가 보았다. 몇몇 사람들이 행사를 준비하느라 분주하게 움직이고 있었다. 그런데 기념회장이나 행사를 기다리는 사람들의 분위기가 비올 때보다 더 가라앉아 있었다. 떠들썩하게 치러야 할 출판기념회가 어쩐지 영안실 분위기와 다를 바 없어 보였다. 그때 젊은이 둘이서 허겁지겁 행사장으로 들어섰다. 그들은 검정 바탕의 현수막을 펼쳐 무대에 걸었다. 현수막에 적힌 글귀를 보고서야 동술은 국화꽃으로 장식된 화환이 잘못 배달되어진 것이 아님을 확인할 수 있었다.

정해진 시간이 되자 출판기념회가 시작되었다. 장마철이고 비 피해가 커서인지 객석을 채운 이들은 많지 않았다. 무대엔 고인의 출판기념회가 열린다는 내용의 현수막이 걸려 있고 의자가 놓여 있는 작은 탁자엔 책과 함께 고인의 생전 모습이 담긴 영정과 흰 국화 몇 송이가 놓여 있었다.

조명이 꺼지며 잔잔한 음악과 함께 슬라이드 사진이 화면으로 나왔다. 고인이 된 시인의 삶을 정리한 사진들이었다. 후반부엔 장례식 장면도 나왔다. 고인의 영정 사진을 끝으로 무대에 작은 조명이 쏘여졌다. 작은 조명을 받으며 검은 투피스 차림의 한 여인이 걸어 나왔다. 조용하고 조심스런 걸음이 어디선가 본 듯하다는 생각이 들었다. 여인이 객석을 향해 인사를 하고 고개를 들었을 때에야 동술은 그녀가 누구인지 알 수 있었다.

무대에 서서 자신을 소개하는 여인은 동술이 그렇게 찾고자 했던 김지연, 바로 그녀였다. 그녀는 자신이 출판기념회 석상에 선 이유와 고인과의 관계에 대해 차분한 어조로 말했다. 고인과는 한때 고부간의 사이였으며 고인의 유언에 따라 자신이 출판기념회를 진행한다는 설명이었다. 그녀가 고인과 한때 고부 사이였다는 말이 있자 객석이 술렁거렸다. 동술은 그 틈을 타 무대 가까이로 자리를 옮겼다. 그녀의 머리엔 상중임을 알리는 머리핀이 꽂혀 있었으며 장례를 치른 때문인지 지난번 만났을 때보다 야윈 모습이었다.

행사는 애초 초대장에 있던 프로그램과 달리 고인을 추모하는 행사로 진행되었다. 고인과 함께 활동했던 문우들 몇이 고인의 작품을 낭송했다. 인근 지역에서 왔다는 누군가는 만가를 불렀고, 지역의 무용단은 살풀이로 고인의 여생을 추모했다. 마지막 시낭송은 그녀가 맡았다. 그녀는 한때 시어머니였던 고인의 작품 중에서 「늘그막에 쓴 사랑 편지」를 낭송했다. 그녀의 시낭송이 끝나자 유족 대표가 무대로 나왔다. 무대에 선 이는 용궁굿당에서 굿을 올리던 여인이었다. 여인은 자신을 고인의 큰딸이라고 소개했다. 여인은 초췌한 얼굴로 출판기념회에 참석해준 이들께 감사하다는 인사를 짧게 했다.

여인이 무대를 내려가자 출판기념회는 끝이 났다. 그 흔한 기념 촬영도 뒤풀이도 없는 출판기념회였다. 살아 있었으면 건필에 대한 축하와 함께 꽃다발 세례를 받았을 것인데, 작가는 사진 속 인물로 남아 살아 있는 이들의 표정을 살펴볼 뿐이었다.

행사가 끝났지만 동술은 쉽게 자리를 뜨지 못했다. 무대를 떠나던 그녀가 동술을 발견하고는 다가왔다. 동술이 자리에서 일어나며 목례를 했다. 그녀가 먼저 말을 걸어왔다.

"우린 비가 그친 날만 만나는군요."

"예, 공교롭게도 그랬습니다."

"하지만 이젠 비가 그쳐도 만날 수 없을 것 같네요. 전 오늘 이곳을 떠납니다."

"이제 명파엔 오지 않나요?"

동술의 말에 그녀가 짧게 "예" 하고는 말을 이었다.

"그동안 제게 관심 주시어 고마웠습니다."

그녀가 동술에게 목례를 하고는 무대로 걸어갔다. 그녀가 동술의 존재를 인식하고 있었다는 말이었다. 놀라운 일이었다. 동술이 그녀를 따라가려는 순간 무대 뒤에서 양복을 차려입은 사내가 나타났다. 사내가 "그만 가지"라며 그녀의 손을 잡았다.

"예, 이제 모든 게 끝났네요."

그녀가 남자의 품에 안기며 흐느꼈다. 그녀는 사내의 품에서 한참을 울었다. 동술은 그 모습을 더 이상 지켜볼 수 없어 슬그머니 자리를 떴다. 건물 밖으로 나오니 맑았던 하늘은 어딜 가고 천둥과 함께 폭우가 쏟아지고 있었다. 동술은 빗길을 걸어 「동물극장」으로 갔다.

테이블 하나를 차지한 동술은 빗물이 스며든 유고 시집을 읽으며 술을 마셨다. 빈 병이 몇 번이나 치워지고 시집도 거의 읽어갈 무렵이었다. 과부댁이 처음 보는 사내와 「동물극장」으로 들어왔다. 술에 취한 동술을 발견한 과부댁은 아는 체도 않고 여우 그림이 그려져 있는 룸으로 들어갔다. 끝

시인이 죽은 사회

시인이 죽은 사회

누이야,
풍자가 아니면 해탈이다.
네가 그렇고
내가 그렇고
네가 아니면 내가 그렇다.
우스운 것이 사람의 목숨이다.
우스워하지 않고서 생각할 수 없는 것이 사람의 목숨이다.
—김수영, 「누이야 장하고나」 중에서

나는 오래전 위의 시구를 읽으면서 생각했지. 언젠가 내가 쓰는 시로 인해 자살을 하게 되는 때가 오리라, 하고.

그녀가 작업실을 찾아온 건 지난여름이었지. 그때 난 막 저녁을 먹으려는 참이었는데, 저녁 식사라 해봤자, 이틀 전 해둔 밥과 콩나물국이 전부인 식사였지. 전날 술을 많이 마셨거든.

그녀가 "계세요?"라며 철문을 흔들 때 나는 반바지만 입고 있었어. 물론 위에는 아무것도 걸치지 않았지. 장마철이라 무척 후텁지근했거든. 밖에는 잠시 그쳤던 비가 양동이로 쏟아 붓듯 내리고 있었는데, 난 그녀가 부르는 소리를 한참만에야 들었어. 그때 9시 뉴스가 시작되고 있었거든. 난 늘 그 시간에 식사하는 습관이 있어서 말야. 처음엔 그녀의 목소리가 너무 작아서 들리지 않았어. 그 소리는 빗소리와 티브이 소리 틈에 끼어 내게까지 전해지지 않았던 거야.

그런데 그때 정전이 되더군. 비가 많이 온 탓에 어디선가 송전탑이 벼락이라도 맞았나 봐. 순간 티브이가 꺼지며 작업실은 어둠 속으로 묻혀버렸어. 나는 숟가락을 들다 말고 잠시 앉아 있었지. 전기는 그러다 금방 들어오기도 했으니까.

방 안에는 빗소리만이 좌르르, 들려오고 있었는데, 밖에서 "아무도 안 계세요?" 하는 소리가 들리더군. 여자 목소리였어. 아주 가늘게 들려왔지. 하지만 멀리서 들려오는 소리 같아 나는 그냥 앉아 있었어. 어둠 속에서도 난 밥을 콩나물국에 말을까 말까를 궁리하고 있었거든. 그 시간에 나를 찾아올 이는 아무도 없는 데다 더구나 여자라니. 나는 그저 전기가 들어오기만을 기다리며 숟가락을 만지작거렸어.

그때 다시 그녀의 목소리가 들리더군. 이번에는 흐느끼는지 울음도 섞였지. 철문도 방금 전보다 더 흔들렸어. 나는 '누구네 집인지 문을 빨리 열어주지' 하며 양초를 찾기 위해 일어났어. 전기가 빨리 들어올 것 같지는 않았거든. 손을 더듬거리며 양초를 찾고 있는데, 밖에서 텅! 하는 소리가 제법 크게 났어. 철문이 무언가에 부딪치며 내는 소리 같았어. 내가 쓰는 작업실로 들어오는 문이었던지 창문이 잠시 부르르 떨리더군. 나는 그제야 어둠을 헤치며 조심스레 밖으로 나갔지. 비가 엄청나게 쏟아 붓더군. 빗소리가 얼마나 큰지 우박이 떨어지는 줄 알았어.

나는 걸어두었던 철문을 열고 조심스레 밀었어. 문이 열리지 않더군. 무슨 일인가 싶어, 철문 틈으로 밖을 살폈는데, 글쎄, 검은 물체가 철문을 막고 있지 뭐겠어. 그렇지만 어둠 속이라 무엇인지 알 길은 없었어.

다시 철문을 밀었지만 열리지 않았어. 그렇게 몇 번 더 밀어보았지만 철문은 꿈쩍도 않더군. 누군가 밖에서 빗장을 지른 것 같았지. 괴이쩍었어. 비오는 틈을 타 누군가 작업실 입구에 쓰레기라도 버린 듯했어. 생각이 거기에 미치자 부아가 치밀어 오르더군. 전에도 그런 적이 있었거든. 그땐 낡은 책상과 의자를 철문에 걸쳐놓았더군. 더구나 대형 거울까지 기대어놓아 그걸 밀쳤다가 본의 아니게 골목 청소를 하기도 했지. 앞집 여자가 자기 애들이 맨발 벗고 노는 곳이라며 얼마나 쟁쟁거리던지 유리 조각을 없애려고 물청소까지 했지. 다른 집 철문보다 여닫는 횟수가 적다 보니 아예 사용하지 않는 문인 줄 알았나 봐. 씁쓸하더군.

난 그때의 기억으로 인해 기분이 언짢았어. 어쨌거나 뭔지 확인은 해야 해서 이번엔 힘껏 밀어보았지. 힘을 쓰자 물체가 조금씩 밀려나며 손이 드나들 정도의 틈이 생기더군. 손을 밖으로 내밀어 물체를 더듬어보았어. 처음엔 차가운 감촉이 느껴지더군. 그것을 더듬어 내려가던 난 어느 순간 깜짝 놀라며 엉덩방아를 찧었어. 놀란 정도가 아니라 가슴이 철렁하고 내려앉는 기분이었어.

손을 거둔 나는 손바닥으로 전해지던 감촉을 음미해보았어. 아, 그건 여자의 젖가슴이 분명했어. 철문을 가로막고 있던 물체가 사람이었던 거야. 난 그렇게 그 자리에 앉아 한참을 있었어. 어찌 해야 좋을지 통 생각이 나지 않더군. 누군가 사람을 죽여 문 앞에 버려두었다? 그런 상상을 하자니 숨이 막혀올 지경이었지. 그럴 수도 있는 세상이었거든.

빗발은 여전히 굵었어. 밤이 깊어 갈수록 비 냄새는 더 짙어가고, 전기는 그때까지 들어오지 않고 있었어. 그렇게 늦은 시간이 아님에도 길 나서는 이가 없을 만큼 음산하고 끈적한 밤이었어. 순간 무서움이 와락 밀려들더군.

다른 물체를 사람으로 착각했을 수도 있다는 생각에 다시 손을 뻗어보았어. 내 손은 어둠을 타고 아래로 내려갔고, 어느 지점에서 물컹, 하는 느낌이 왔어. 그때였어. 으음, 하는 소리가 들릴락 말락 하게 귓전을 스쳤어.

"여, 여보세요? 사, 살아 있는 거요?"

나는 그녀의 몸을 흔들며 소리쳤어. 아무런 응답이 없더군. 하긴 빗소리가 워낙 거세 놔서 무슨 말을 한다 해도 들리지 않았을 거야.

우선은 문을 열어야 했어. 나는 다시금 힘을 써보았지. 근데, 이상하게도 문이 열리지 않더군. 사람이 있다고 해서 열리지 않을 문은 결코 아니거든. 더구나 몸집도 작아 보이는 여자의 몸인데 말야. 뭔가 철문 틈에 끼인 것 같아 손으로 훑어보았더니, 제기랄, 그녀의 신발인지 날렵한 하이힐 한 짝이 틈새에 끼어 있더군. 내가 문을 여는 바람에 이미 뒷굽은 일그러져 못 쓰게 되었더군.

나는 비에 젖은 채 신음 소리를 내는 그녀를 안고 작업실로 들어갔어. 달리 방법이 없었거든. 그러곤 그녀의 젖은 옷을 벗기고 내 옷을 입혀주었지. 그녀에게 작업실 앞에 왜 쓰러져 있었는지 물어볼 틈도 없었어. 그녀의 머리에선 열이 나고 있었으니까. 나는 급한 김에 언젠가 먹다 남은 감기약을 찾아 먹였지. 그랬더니 앓는 소리를 덜 내더군. 그렇게 그날 밤을 꼬박 보냈어. 나는 아침에야 잠을 청했고.

비 오는 날, 그것도 늦은 밤에 그녀가 작업실 앞에 왜 쓰러져 있었는지에 대해 물어본 건 다음 날 오후였어. 그녀가 이렇게 말하고선 다시 힘없이 눈을 감더군.

"약도를 보고 찾아왔는데, 몇 시간이나 헤맸는지……."

-약도라니?

아, 내가 어느 문학 잡지에 시를 몇 편 실었거든. 그중에서 「우리 집 약도」라는 시가 있었어. 그녀가 그 시를 읽었던 모양이야. 그러곤 약도를 보고 찾아온거고. 그녀 말대로라면 그 시를 쓴 사람의 삶이 궁금했대. 진한 외로움이 느껴졌다나.

그 시는 이랬어.

우리 집 약도

전철 8호선 남한산성역에서 논골 방향으로 371걸음
버스는 중앙 병원 앞 정류장에서 338걸음(건널목 건너 좌측으로)
평균 경사 38도(북한산 오르는 것보다는 힘이 들지 않음) 정상에서
두 번째 집(붉은 벽돌로 된 2층 건물) 반지하 셋방 철문에 내 이름이
조그맣게 붙어 있음

* 만일 집을 찾지 못할 경우에는 동네 입구에 있는 슈퍼에 가서 머리 길고 콧수염과 턱수염 난 놈 집을 물어보면 됨(외상값이 있기에 기억하고 있을 것임) 혹시 주인이 그 사람 뭐 하는 사람이냐 물으면 글 쓰는 놈이라고 말하지 말기를 당부함(주인은 날 점쟁이로 알고 있음)

그녀가 이 시를 읽고 찾아왔다는 거야.

-믿을 수 없는 일이 벌어졌군.

그건 내가 생각해도 그래. 암튼 그런 그녀가 정신을 차린 건 이틀이 지난 오후 무렵이었어. 그녀의 몸에서 나는 열을 내리기 위해 물수건을 연신 짜내며 밤을 보냈던 나는 아침에야 잠이 들었고, 그녀가 무언가 달그락거리는 소리를 냈을 때에야 잠에서 깨어났지. 난 작업실 구석에 있던 늙은 소파에서 자고 있었는데, 자는 척 실눈을 가늘게 뜨고 그녀를 지켜보았어. 그녀는 아픈 게 나았던지 지난밤과 달리 쾌활한 표정으로 좁은 작업실을 분주하게 오가며 무언가를 만들고 있었어. 기분이 좋은지 콧노래를 흥얼거리

기도 하데. 책 크기만 한 도마를 내려 마늘을 찧더니 파를 다듬어 송송 썰더군. 칼질이 익숙해 보이지는 않았어. 파 썰기를 끝낸 그녀가 이번엔 고추를 썰더군. 써는 도중 매운지 눈을 감으며 인상을 찌푸렸어. 그 냄새는 내게까지 전해지더군. 난 하마터면 재채기를 할 뻔도 했어. 그건 아주 매운 고추였어. 마늘과 파, 고추를 작은 그릇에 담아두더니 이번에는 검정 비닐에서 생선을 꺼내더군. 갈치였어. 은빛이 번쩍이는 싱싱한 갈치더군. 내가 잠든 사이 슈퍼에 다녀온 모양이야. 내가 쓰는 냉장고에는 그런 것들이 없었거든. 모든 것을 비워 가야 할 때였으니.

그때였지. “쌀 왔습니다” 하는 소리가 밖에서 났어. 그녀가 “예” 하며 문을 열자 노란 비옷을 입은 배달원이 이십 킬로그램짜리 쌀 한 포대를 내려놓았지. 배달원은 누워 있는 나를 힐끔 보더니 그녀에게 인사를 하더군. 배달원이 고개를 갸우뚱하며 나가고 이내 오토바이 시동 거는 소리가 났어. 그는 분명 가게로 돌아가서 내 이야기를 했을 거야. 그 점쟁이 있잖아요. 어떤 여자와 함께 살던데요? 여자가 곱상하게 생겼던데. 나이도 이제 스물 대여섯 정도나 될까? 재주도 좋네 그 몰골에, 하며 설레발을 쳤겠지. 하긴 그녀가 내 티셔츠와 반바지를 입고 있었으니 그런 얘길 할 만도 하겠지.

그녀가 배달되어 온 쌀 포대를 뜯어서는 밥을 하더군. 쌀을 씻고 밥물을 보더니 전기밥솥의 취사 스위치를 눌렀어. 그러곤 다시 갈치 비늘을 벗겨 그것을 작은 냄비에 담았어. 갈치국을 끓일 건지 조림을 만들 건지 대중할 수 없을 정도의 물을 냄비에 받더니 가스 불에 올려놓더군. 할 일을 끝낸 그녀가 이번엔 책이 아무렇게나 쌓여 있는 곳으로 몸을 돌리데. 눈으로 쓰윽, 훑어 내려가며 책 구경을 하던 그녀가 이런저런 책을 빼내더니 푸르륵 넘겨보고 다시 올려놓는 일을 냄비가 끓을 때까지 반복하더군.

냄비가 끓어오르자 그녀가 간을 보더군. 하지만 기대했던 맛이 아니었던지 고개를 갸웃거렸어. 팔짱을 끼고 생각에 잠겨 있던 그녀가 주머니에서 작은 쪽지를 꺼내 펼치더군. 거기에 뭔가 적혀 있었던 모양이야. 그녀가 가스 불을 줄이더니 나를 휙 돌아보았어. 난 가만히 자는 척했어. 다시 실눈을 떴을 때, 그녀가 작업실 여기저기를 뒤지고 있더군. 눈치를 보니 양념거리를 찾는 듯했어. 조미료 같은 거 말야. 나는 이쯤에서 일어나야 하나 말아야 하나 고민을 했지. 기지개를 한껏 켜며 "뭐 찾아요?" 하면 될 것을 난 그러질 못했어. 조미료 종류는 작은 상자에 넣어두었는데, 그녀는 그 상자를 툭 건드려보기만 하더군. 저런…, 난 그만 눈을 감고 말았어. 잠시 후 문 여닫는 소리가 나더군. 그녀는 또 슈퍼로 달려간 모양이야. 나도 너무했지. 그냥 일어나면 될 것을 그러고 있었으니까.

그녀가 나가고 난 냄비를 보았어. 물이 많이 졸았더군. 그녀가 올 때쯤이면 타버릴 정도였어. 갈치는 이미 흐물흐물 익어가고 있었어. 난 그녀 몰래 물을 더 부어주었어. 싱크대 위에 그녀가 보던 쪽지가 있더군. 그걸 읽은 난 소리 내어 웃지도 못하고 낄낄거렸어. 거기엔 갈치조림을 만드는 방법이 적혀 있었어. 아마도 슈퍼 주인이 알려준 모양인데, 내가 보기엔 영 아니었어. 앞뒤가 섞여 있고 글씨체를 보아 아주머니가 아니라 아저씨에게 물어본 순서 같았어. 물어볼 사람에게 물어보아야지. 그 아저씨야 자신의 가게에서 고스톱이나 치고 있는 사람인데, 그런 걸 잘 알 리가 없지.

내가 그녀의 옷을 살펴보고 있을 때, 그녀가 오는지 철문 여닫는 소리가 났어. 옷은 아직 마르지 않았더군. 장마철이라 빨리 마르지 않았어. 뭐, 그때도 여전히 비가 내리고 있었으니까.

그녀가 우산을 접는 사이 나는 재빨리 자리로 돌아갔어. 그녀가 가쁜 숨을 몰아쉬며 작업실 문을 열었을 때, 난 그녀가 기억하고 있는 자세로 누워 실눈을 뜨고 있었지. 그녀가 슈퍼에 간 이유는 무와 조미료를 사기 위함이었어. 먼저 무를 썰어서는 냄비에 넣더군. 그건 맨 처음 해야 할 순서 같았지. 갈치를 넣기 전에 센 불에서 참기름과 고춧가루를 함께 넣고 슬쩍 볶아야 하거든.

아무려나 순서는 틀렸지만, 그녀는 요리에 들어가야 할 것들을 나름대로 양을 재어 넣더군. 아주 진지한 표정이었어. 이번엔 먹다 남긴 소주도 한 스푼 넣데. 비린내를 없애야 한다고 말했겠지. 마지막으로 간장에다 파, 마늘, 고춧가루, 조미료 등을 넣어 만든 양념장을 보기 좋게 올리더니 다시 한 번 맛을 보더군. 이번에는 맛이 괜찮았던지 그녀가 만족스런 표정을 지었어. 그래서 그런지 냄비에서 새어나오는 냄새만큼은 좋았어. 지켜보는 나도 고여 오는 침을 삼킬 정도였으니까. 그 즈음 전기밥솥도 부글부글 끓어올라 김을 뿜어냈지. 그러자 작업실 안은 음식 냄새로 가득 찼어. 무슨 잔치라도 하는 집 같았어. 갈치조림 하나 만드는데 그런 느낌을 받다니, 나도 꽤나 그런 걸 그리워했었나 싶더군. 아마도 여자 때문이겠지. 그녀가 있음으로 해서 작업실이 평범한 가정으로 여겨졌으니 말야.

그녀가 전기밥솥 스위치가 보온으로 넘어간 것을 확인하고는 가스 불을 껐어. 그러곤 책이 켜켜이 쌓여 있는 곳으로 다시 오더군. 먼지투성이의 책들이지. 한 번 쌓이면 언젠가 이사를 할 때까지 빛을 보지 못하는 책들이기도 했지. 그녀의 눈이 책 제목을 따라 몇 번 아래로 아래로 내려가더니 어느 지점에서 멈추었어. 그러더니 쌓인 책을 들어내기 시작했어. 그녀가 뽑아낸 책은 『자살의 연구』라는 제목의 책이었어. 일급 자살자인 실비아 플러스가 등장하는 책이지. 그녀는 내가 자신을 지켜보고 있는지도 모르고 책을 펼치더군. 목차를 훑어보더니 책장을 절반쯤 넘겼지. 내 짐작으로 「자살, 그 폐쇄된 세계」라는 곳을 펼치는 것 같더군. 내 짐작이 맞았던지, 그녀는 다음 책장을 넘기지 않고 한참이나 있더군. 거기에는 "자살에는 다 그럴듯한 이유가 하나씩은 있는 법이다"라는 글귀가 있는데, 그녀가 책장을 넘기지 못하는 이유가 그 말 때문이라는 생각이 들었어. 내가 그랬거든. 그렇게 해서 「우리 집 약도」란 시가 만들어졌고…….

잠시 시간이 흘렀어. 그녀의 어깨가 가볍게 들썩이더군. 우는 듯, 두 다리를 가슴에 품으며 코를 훌쩍였지. 묘한 기분이 들더군. 무슨 사연이 있기에 짧은 글 한 줄에 눈물을 삼키고 있는지 몹시 궁금하기도 했어. 설령, 그 글귀가 아니라도 책 속의 내용은 자살 얘기로 가득했기에 더욱 그랬지. 자살을 생각하기엔 어울리지 않는 얼굴이었거든. 하긴, 자살을 얼굴로 하는 게 아니기도 했지만,

아무튼 그녀의 표정이 그리 어두워 보이지는 않았어. 지나친 감성을 지닌 여자가 아닐까, 라는 생각을 하고 있을 때 그녀가 눈 주위를 훔치더니 나를 바라보았어. 갑작스럽기도 했지만, 정면으로 응시하고 있기에 나는 실눈마저 감아야 했어. 나와 그녀의 거리는 고작 두 걸음 정도였거든.

계속해서 내 모습을 지켜보는지, 한동안 그녀의 움직임이 느껴지지 않았어. 그녀의 시선 때문이었을 거야. 감은 눈꺼풀이 파르르 떨리며 양볼이 화끈거리며 달아오르더군. 그럼에도 나는 그녀의 시선을 피하지 못했어. 몸을 슬쩍 뒤채며 돌아누우면 될 텐데, 하는 것은 마음뿐 망막 속에 갇힌 내 눈동자는 그녀의 움직임을 좇고 있었어.

그날 오후 나는 동네 짜장면 집에 있었지. 내게 있어 중대한 결심을 해야 하기에 술의 힘을 빌리기로 작정을 하고 있던 참이었어. 그래서 나는 주머니에 있던 돈을 털어 짬뽕 국물에 소주 두 병을 시켰어. 소주는 돈을 내야 하고 짬뽕 국물은 주인이 그냥 주는 일종의 서비스였지.

주인은 선심이라도 쓰는 양 짬뽕 국물에 해물을 많이 넣었다는 말을 빼먹지 않았어. 나는 고맙다는 말 대신 웃어주었어. 달리 할 말도 없었거든. 시큼한 인상에 헝클어진 머리, 게다가 덥수룩한 수염까지, 도무지 정상적인 사람으로 보아줄 수 없는 것이 요즘의 내 모습이었는데, 그런 내게 짬뽕 국물이라도 선심을 쓰는 이가 있다는 건 여간 기분 좋은 일이 아니었어.

손님이 뜸할 시간이었는데, 주인은 유선 방송을 켜놓고 지난 봄 방영된 연속극을 보고 있었어. 그는 그러면서 가끔 내 표정을 살피고 있었지. 대체 뭐 하는 놈이기에 저런 행색을 하고 다닐까? 하는 기색이 역력했어. 하지만 내게 "어떤 일을 하세요?"라고 직접적으로 물을 태세는 아니었어. 아니, 어쩌면 말을 붙일 기회를 엿보는 표정이기도 했어.

주인과 나는 가끔 골목에서 마주친 적은 있었지만 그는 배달 중이었고, 나는 건너다보이는 마을에 있는 교회의 십자가 숫자를 세고 있을 뿐이었거든. 그러니 눈인사는 고사하고 그와 눈길 한 번 마주친 적도 없는 사이였지. 더구나 내가 그의 음식점을 찾은 것도 오늘이 처음이었기에 우리는 사실상 초면인 셈이었어. 그렇기에 주인의 궁금증이 더 컸을 수도 있었겠지. 짬뽕 국물을 아무에게나 공짜로 주는 것이 아니고 보면 언젠가는 조심스럽게 내가 어떤 일을 하는지 물어올 듯도 싶었어.

실내를 떠도는 기류가 그랬지만, 나는 주인의 시선을 모른 체하며 집주인의 제안에 어떤 결정을 내려야 하는가를 고민하며 소주를 마셨어.

일주일 전 집주인이 내게 이런 얘길 하더군.

"밀린 월세를 아버지 병간호로 대신하든지 나가든지 결정하시우. 나도 더 이상 기다릴 처지가 아니라서……."

나는 며칠 내로 팔순이 넘은 그의 아버지 병수발을 하든지, 다른 곳으로 이사를 가든지 양단간의 결정을 내려야 했어. 시인이랍시고 사는 꼴이란, 내가 생각해도 한심했어. 월세 하나를 해결하지 못하고 있었으니 말야. 시를 써서 살아가지 못하는 게 내 탓인지 세상 탓인지 알 길이 없더군.

그때였어. 전화벨이 귀에 거슬릴 정도로 크게 울리대. 주인은 리모컨으로 티브이를 끄고는 재빨리 수화기를 들었어.

예전의 일이지만 나도 어디선가 원고 청탁을 하면 "감사합니다!"라며 전화기에 대고 인사를 몇 번이고 했는데, 주인의 전화 받는 모습이 나와 아주 흡사했어.

그는 전화를 끊으며 "감사합니다!"라며 전화기에 머리를 두세 차례 더 찧었고, 이어 주방을 향해 손가락을 차례로 펴며 "탕수육 하나에 짜장면 셋!" 하고 소리쳤어. 나는 그의 옆자리에서 소주를 마시고 있었기에 주인의 표정을 잘 볼 수 있었는데, 그때의 얼굴은 느끼한 오향장육을 먹었을 때의 표정과 같았어.

하지만 주인이 외치는 탕수육 하나에 짜장면 셋!이라는 그 말은 내게 '소설 한 편에 시 세 편!'으로 들렸어. 환청으로 생각하기에는 너무도 또렷한 울림이라 나는 반병이나 남은 소주를 그대로 둔 채 서둘러 작업실로 올라갔지.

작업실에 도착해, 낡은 컴퓨터의 전원 스위치를 누를 때까지, 나는 원고료를 받으면 어디에 쓸까, 하며 나름대로 용처를 정하느라 머리를 분주하게 회전시켰어. 뭐, 쓸데야 많겠지. 당장 갚아야 할 외상값도 그렇거니와 밀린 월세를 일거에 해결할 수도 있을 테니까. 그러면 집주인의 제안을 일언지하에 거절할 수도 있을 것이었거든. 그런 생각으로 들떠 있을 때쯤, 나의 행복감을 여지없이 무너뜨린 건 번쩍, 하며 컴퓨터 화면에 떠오르는 글귀였어.

「나를 중심으로 세상의 원을 그리자.」

일순 내 머리칼은 바늘꽂이에 꽂힌 바늘처럼 하늘을 향해 쭈뼛, 섰어. 세상의 원을 그리기는커녕 나는 그동안 손톱 크기의 동그라미조차 그리지 못하고 있었거든. 난 그때 멀미기를 느꼈어. 이런! 또 환청을 듣다니. 벌써 몇 번째인지 기억조차 하기 싫은 환청이었어. 나는 검은색으로 죽어가는 화면을 힘없이 바라보며 처음으로 자살을 떠올렸어. 하지만 수면제를 사 모으거나 목을 매고 싶지는 않았어. 유치했거든. 그럴듯한 명분이 있어야 했고, 무엇보다 시인답게 자살을 해야겠다고 생각했어.

그렇게 사흘 밤낮을 보낸 나는 그 명분을 만들기 위해 시를 쓰기로 했어. 여름이 가기 전까지 아무도 날 찾아주지 않으면 자살을 멋지게 하는 거다, 하면서 슬몃 미소를 지었지. 생사(生死) 문제를 시 한 편에 거는 게 한심스럽게 보이겠지만, 그때 난 이런 생각을 했어. 칼 쓰는 놈 칼에 찔려 죽듯 시 쓰는 놈 시로 죽자. 그게 명예로운 죽음이다, 라고.

어쨌거나 세상 사람들이 아직 나를 기억할지는 의문이지만, 나는 친절하게 내가 거처하고 있는 작업실을 찾아올 수 있게끔 「우리 집 약도」라는 시를 써서 세상에 내놓았지. 나는 그 시를 쓰고 소주를 다섯 병이나 비웠어. 술을 마신 건 지독한 외로움 때문이기도 했지만, 결국은 시 제목 때문이었어. 원래 제목은 「작업실 약도」였거든. 나는 내가 살고 있는 공간을 집이라고 생각해본 적이 없었어. 좋게 말해 원룸 형태이지만 차고를 개조한 작은 방이었거든.

내가 있는 곳은 삐걱거리는 침대와 굉음을 내는 팔십 리터 냉장고, 늙은 소파와 녹슨 가스레인지 그리고 기름때로 얼룩진 한 칸짜리 싱크대가 전부인, 채광 시간이 하루 평균 세 시간에 불과한 음습한 곳이지. 허나 이런 것들도 내가 오기 전 누군가가 쓰다 남기고 간 물건들이었어. 나는 그런 공간에 손님처럼 불쑥 찾아든 것뿐이었어. 고정된 사물 속에 들어간 내가 안락을 추구하기엔 애초부터 무리인 공간이었지. 그 공간에 나는 옷가방 두 개와 낡은 컴퓨터, 그리고 책 꾸러미를 들고 들어갔지. 그곳에서 나는 곰팡이 균처럼 쉼 없이 뇌 세포를 분열시키면서 지난 일 년을 보냈어. 그러니 제목이 작업실 약도라 함이 옳았지. 하지만 나는 그 제목을 끝내 달지 못했어.

시를 완성한 때는 새벽이었어. 깜박 잠이 들었던 나는 뼛속까지 파고드는 한기에 잠이 깼어. 기름이 비어 있는 보일러는 내 육신까지 얼어붙게 만들더군. 그래서인지 나는 싸늘한 작업실에 홀로 버려졌다는 고립감에 누군가가 견딜 수 없이 그리워졌어. 딱히 대상은 없었지. 그저 말 그대로 누군가였어. 저벅거리며 골목길을 나서는 사람일 수도 있고, 술에 취해 길바닥에서 잠든 취객의 따뜻한 온기라도 좋다는 생각이 들었어. 타인의 체온이 미치도록 그리웠던 것이지. 얼어붙은 심장을 녹여줄 이 없는 삶이란 날선 칼로 온몸을 난도질당하는 것보다 고통스러운 것이거든.

나는 언젠가 메모해두었던 기록을 근거로 시를 단숨에 써 내려갔어. 어느 한 군데도 막히지 않더군. 절절한 외로움이 시를 탄생시킨 거였어.

시는 나와 세상과의 소통을 원했어. 나는 세상과의 소통이라니, 라고 중얼거리며 쓴웃음을 지었어. 자살하고자 하는 명분을 만들기 위해 시를 쓰면서도 나는 누군가의 등에 기대고 싶었던 거야. 부질없는 짓인 줄은 나도 알고 있었어. 그런 이유로 나는 시 제목을 「우리 집 약도」라고 했던 거지. '우리'라는 말을 쓸 자격도 없는 나였지만, 나 외에 누군가가 있다는, 그래서 나도 사람 사는 곳에 섞여 살고 있다는 걸 보여주기 위해 억지 제목을 붙인 거지. 나는 우리가 아닌 나만의 약도가 싫었던 것이지. 쓸쓸하게 죽어가긴 싫었거든. 아무려나 시를 발표한 지 두 달이 지났음에도 내겐 아무런 변화가 없었지. 어느 누구 약도를 보고 찾아주는 이가 없었거든. 찾아오는 건 고사하고 편지나 메일 한 통 보내주는 이조차 없었지. 처음 한동안 나는 약도를 잘못 그렸다고 생각했어. 그러나 인터넷으로 세상을 한눈에 보는 요즘 그런 약도를 보고 찾아줄 이가 누가 있을까, 라고 마음을 정리하니 그리 슬픈 일도 아니었어. 약도 때문에 죽는 것도 괜찮겠다는 생각이 들었거든.

"그래서 게임에 성공하셨다, 이 말이군요?"

그동안의 내 이야기를 들은 그녀가 어이없다는 듯 말했지. 그러면서 반쯤 남은 담배를 종이컵에 던지더군.

"성공이라 말할 수는 없는 일이죠."

내 말이 이해되지 않았던지 그녀가 어깨를 으쓱했어.

"저 때문에 자살을 하지 못해서인가요? 아니면 저 때문에 살아나게 되어선가요?"

나는 "둘 다죠"라고 대답하고는 술을 홀짝 마셨고, 맛있게 졸여진 갈치 살점을 뜯어먹고는 말을 이었어.

"희망적인 건 내 시를 읽고 찾아준 당신이 있다는 거고, 절망적인 건 당신으로 인해 자살을 시도해보지도 못했다는 점이죠."

"제가 선생님을 혼란스럽게 만들었군요."

그녀가 술잔을 만지작거리며 힘없이 말하더군.

"그렇진 않아요. 당신이 내 절망을 희망으로 바꿔놓은 것도 있으니까요."

나는 고개를 흔들며 말했지. 사실이 그랬어. 그녀가 죽어가던 내 시에 생명을 불어넣어 주었거든. 그러나 난 희망보다는 절망을 더 느꼈어. 희망은 말 그대로 희망일 뿐이었지만, 나를 감싸고 있는 현재의 모습은 절망적이거든.

"다시 시 작업을 하시겠다는 뜻으로 받아들여도 되나요?"

"그건 아닙니다. 다른 방법을 찾을 겁니다."

내 말에 그녀가 나를 찾아온 것이 후회된다는 듯 한숨을 길게 내쉬더군. 그녀는 외롭고 힘들겠지만 치열하게 시를 쓰며 살아가는 내 모습을 보려고 했음인데, 나는 전혀 그런 모습을 보여주지 못했지.

"미안하군요. 내가 살아가는 방법으로는 적응하기 힘든 세상이라……."

"입장은 다르지만 누구와 같은 얘길 하는군요. 그 사람도 그런 말을 입버릇처럼 하더니 결국 자살을 하고 말더군요."

그녀가 입술을 질끈 깨물며 그렇게 말했지.

"그래서……?"

나는 그녀가 보던 책을 눈짓으로 가리켰지. 그녀가 나를 한참 노려보더니 "다 봤군요?" 했어.

나는 그렇다고 대답했어. 그러자 그녀가 또 다시 담배를 빼물더니 불을 당기더군. 길게 한 모금 내뿜고는 자세를 고쳐 앉으며 말했지.

"그 사람은 내가 처녀이길 원했어요. 자신도 아직 동정을 지키고 있다면서요. 난 그와 결혼 같은 건 생각도 않고 있었는데, 그는 그렇지 않았나 봐요. 사랑이야 언제라도 변할 수 있는 거 아닌가요? 헤어지는 순간까지 즐기면 되는데도 그는 그렇지 못했어요. 아무튼 나는 누구와 섹스를 해도 정신적 순결만 지키면 된다는 생각이었는데, 그는 육체적 순결을 더 중요하게 생각했어요. 웃기는 얘기지만, 난 이미 중학생 무렵에 사귀던 오빠에게 순결이란 딱지를 줘버렸거든요. 그랬기에 오히려 당당하게 살아갈 수 있었는데, 그를 만나고부터는 그렇지 못했어요. 참다못한 내가 어느 날 그 사람에게 말했죠."

"사실대로요?"

"예, 그동안 몇 명의 남자와 몇 번의 섹스를 했다, 라고 자세히 밝혔죠. 내 말에 그가 낙심을 했던지, 한동안 고개를 푹 숙이고 있더군요. 그러더니 선생님이 한 말을 토씨 하나 틀리지 않고 뇌까렸어요."

"보기 드문 경우군요. 요즘 같은 세상에도 그런 남자가 있다니요. 인간문화재나 천연기념물로 지정해도 될 정도네요. 그게 언젯

적 얘긴가요?"

나는 갑자기 거세어진 빗소리보다 큰 목소리로 물었어.

"열흘 전요. 그때 한강 유람선을 같이 타고 있었는데, 그가 갑자기 뛰어내리더군요. 말릴 틈도 없었어요. 바보 같은 사람이죠. 그까짓 순결이 뭐 그렇게 중요하다고……."

그녀가 그렇게 말하고는 술잔을 비웠지. 그리곤 닫혀 있던 창문을 열더군. 담배 연기가 어둠 속으로 빨려 나갔고, 동시에 비가 작업실로 사선을 그으며 들어왔어. 책이 적갈색으로 젖어들었지.

나는 창밖을 바라보며 빗소리보다 작은 소리로 중얼거렸어.

"자살에는 다 이유가 있는데, 바보 같은 사람은 자살도 못 하나요……."

그녀가 떠난 건 그날 밤이었어. 비가 세차게 뿌릴 때였지. 그녀가 자신의 옷으로 갈아입고는 작업실을 나서다 말고 "자살……, 성공을 빌겠어요"라는 말을 하더군. 표정을 볼 수 없어 냉소를 담았는지 진심을 담았는지 알 수는 없었어. 내가 우산을 내밀었지만 그녀는 빗속을 그냥 들어가더군.

그녀가 한쪽 굽이 떨어진 하이힐을 신고서 절룩거리며 언덕길을 내려갔어. 나는 그녀의 앞길을 막아서지도 못하고 그냥 멍하니 서 있었어. 그녀가 남긴 말 때문이었지. 비참하다는 생각도 들고 부끄럽다는 생각도 들더군.

그런 감상도 잠시 나는 이번엔 반드시 죽음의 길로 걸어가리라, 하고 마음을 굳게 먹었지. 실비아 플러스처럼 말야. 지난한 삶을 이어가느니 자살로 생을 마감하는 게, 나 같은 시인에게는 어울릴 것이거든. 그 전에 나는 내 안에 갇혀 있는 수많은 언어들. 어떤 글로도 조직되지 못한 불쌍한 내 말(言)들에게 용서를 빌었어.

그날 이후, 나는 자살 시나리오를 다시 쓰기 시작했어. 완전 범죄를 꿈꾸는 살인자의 기분으로 치밀하게 준비했어. 시인의 자살이기에 몇 가지 문학적 장치도 마련했지. 난 한 치의 오차도 허용하지 않았어. 단 한 번의 실수가 나를 죽음의 목전에서 물러나게 할 수도 있었거든. 하지만 몇 차례의 예행 연습에서도 그런 실수는 발견되지 않았어. 나는 비로소 환한 미소를 지을 수 있었지. 죽음을 준비하면서도 그처럼 행복할 수 있다는 사실이 놀라웠어. 섹스 후 오르가즘에 도달하는 극치감과는 비교할 바가 못 되더군.

나는 디데이를 언제로 할까, 하고 즐거운 고민을 했어. 언제고 실행에 옮기기만 하면 되었거든. 완벽한 시나리오와 평온한 심리 상태, 나의 유고 작품까지 모든 게 순조롭게 준비되었지. 나는 고심 끝에 올해의 마지막 날 자살을 하기로 결정했어. 새로운 해가 시작되는 순간, 흥분과 기대와 지칠 줄 모르고 자라는 우리의 욕심과 욕망이 꿈틀거리는 그 시간과 공간에서, 화려한 불꽃이 밤하늘을 수놓고, 환희의 노래가 울려 퍼지고, 축하의 악수를 나누며 서로 포옹과 키스를 나눌 때, 지구상 77억 인구 중에서 가장 먼저 자살을 감행하는 거지. 그 순간 시인은 죽어가고 내가 쓴 시들이 종이에서 우수수 떨어져 나와 바닥을 뒹굴겠지. 시인을 죽게 만든 사회가 얼마나 쓸쓸한지 그때서야 깨닫겠지. 사람들은 시인이 가고 없는 세상이 얼마나 불합리하고 삭막한지 시인이 죽고 난 후에야 깨닫겠지.

후-, 그런 생각을 하자니 몹시 흥분이 되는군. 짜릿한 긴장도 느껴지고 말야.

-방법은?

물론 비밀이지. 극적인 장소에서 시인답게 극적으로 자살에 성공해야 하니까. 어때? 근사하지 않아?

여보세요?……

여보세요……?

내 말 듣고 있는 거야? 이봐?

뭐라 말 좀 해봐!

뚜우 뚜우 뚜우……. 끝

구만봉 약전

구만봉 약전

만봉산 아래에 사는 구씨 집안에서 사내아이가 태어났다. 탯줄을 자른 아비와 어미는 아이를 살펴보다 아연실색을 했다. 아이는 갑옷을 걸친 듯 단단한 등과 돌출된 입 그리고 손과 발 모양까지 사람이 아니라 마치 갓 태어난 거북이라 해도 믿을 정도였다.

"어쩌면 좋아요?"

아이의 몸에 뭔가 이상이 있는 게 틀림없었다. 더럭 겁이 난 어미가 울상을 지었다. 만봉의 어미가 만봉산을 오르내리며 기도한 끝에 얻은 귀한 아이였다. 아비는 한숨을 내쉬며 "어쩌겠어. 그래도 키워야지" 했다. 계절이 몇 번 바뀌어 아이는 첫돌을 맞이했다. 그때까지 이름을 짓지 못한 아비는 아이의 이름을 '만봉'이라고 지었다.

만봉의 신체 구조는 커가면서도 달라지지 않았다. 때가 되면 두 발로 걸을 줄 알았으나 네발로 기는 버릇은 일곱 살이 되어도 버리지 못했다. 그 나이가 되도록 땅바닥을 기어 다니자 주위에서 수군거리기 시작했다. 이웃들은 바다에서 키워야 할 아이를 뭍에서 키운다며 혀를 끌끌 차더니 만봉 어미가 만봉산 거북이와 붙어먹어 낳은 자식이라는 험담까지 덧붙였다. 걱정이 된 어미는 매일 몇 시간씩 걷는 연습을 시켰다.

"만봉아, 걸어야 산다. 걷지 못하면 너도 죽고 어미도 죽는다."

만봉이 힘들다며 주저앉을 때마다 어미는 회초리를 들었다. 마을 사람들은 그런 만봉을 두고 사람이 아닌 놈을 사람처럼 대한다며 손가락질했다. 만봉이 두 발로 걷기 시작한 건 열두 살이 나던 해였다. 그날 밤 만봉 부모는 만봉을 끌어안고 눈물을 펑펑 쏟았다. 만봉이 이듬해 학교에 입학할 수 있었으나 뒤늦게 들어간 학교생활도 순탄치만은 않았다. 한참 어린 동생들과 공부를 하는데도 학습 진도를 따라가지 못했다. 더구나 난쟁이마냥 어정어정 걷는 걸음에다 어눌한 말투로 인해 크지도 않은 시골 학교에서 만봉은 만인의 구경거리이자 놀림거리였다. 아이들에게 맞는 일도 싫고 놀림 당하는 것이 죽기보다 싫었던 만봉은 결국 반년도 되지 않아 학교를 그만두었다.

만봉이 학교를 그만두자 어미는 인간 구실 하려면 이름이라도 쓰고 읽을 줄 알아야 한다며 집에서 글을 가르쳤다. 하지만 만봉이 문리를 깨치기도 전 마을엔 원인 모를 병이 돌았고, 만봉 부모도 시름시름 죽어갔다. 여기저기에서 사람이 죽어가자 마을은 혼돈에 빠졌다. 살아남은 이들은 돌림병의 원인을 동네 남정네들에게 윤간당한 후 죽은 처녀귀신의 짓이라고 했다가 이웃 마을에 사는 고정간첩이 마을 우물에 독을 탔다고도 하다가 결국 만봉에게 화살을 돌렸다.

"만봉이 놈이 전염병을 몰고 왔다고 하더만."

"에이, 괴물 같은 놈. 저놈이 태어난 후부터 마을에 우환이 끊이질 않네."

사람들은 거센 욕설을 퍼부으며 만봉의 집을 향해 돌을 던졌다. 견디다 못한 만봉은 부모를 땅에 묻지도 못하고 고향을 떠났다.

기차를 탄 만봉이 도착한 곳은 서울 청량리역이었다. 소문만 듣던 서울은 소문보다도 더 멋있고 화려했다. 높은 빌딩에다 도로는 넓고 차도 사람도 많았다. 무엇보다 만봉의 마음을 편하게 해주는 건 그 많은 사람들이 자신을 놀리지도 때리지도 않는다는 점이었다.

"아, 진작 올 걸. 서울이라는 데 정말 좋네!"

만봉은 그렇게 중얼거리며 밤을 맞이했다. 서울의 밤은 낮보다도 황홀했다. 번쩍이는 불빛은 호롱불 아래에서 살다 온 만봉에겐 충격이었다. 서울 사람들은 불빛 아래를 걸으며 데이트를 하거나 불빛 아래에서 차와 술을 마셨다. 밤이 깊어지자 어느 순간 불빛이 꺼지며 사이렌과 함께 호각 소리가 곳곳에서 들려왔다. 네온사인이 꺼진 거리는 거짓말처럼 고요했다. 달리는 차들도 없고 휘청거리며 고성을 지르던 취객도 보이지 않았다. 제복을 입은 경찰이 등장하자 사람들은 "에이, 통행금지에 또 걸렸네"라며 골목을 향해 뛰었다. 만봉도 그들을 따라 골목으로 뛰었다.

아는 사람이 없는 것은 다행스런 일이었으나 갈 곳도 잘 곳도 없는 서울이었다. 수중의 돈이라고는 죽은 아버지 주머니에서 찾아낸 몇 푼이 전부였다. 서울살이 첫 밤은 통행금지에 걸린 이들과 뒷골목에서 한뎃잠을 잤다. 골목은 술 취한 이들이 갈긴 오줌 냄새로 가득했다. 통행금지는 새벽 네 시가 되어서 풀렸다. 아직은 어둑한 시간, 사람들이 하나둘 거리로 나타났다.

해가 뜨자 만봉은 광장에 앉아 오가는 사람과 차들을 구경했다. 서울 사람들의 발걸음은 새가 날 듯 빨랐다. 만봉으로선 도저히 따라할 수 없는 속도였다. 만봉은 사람들을 따라 걸었다. 길을 건너며 신호대기 하는 법도 배웠다. 여자들은 뾰족구두에 짧은 치마를 입고 잘도 걸었다. 나팔바지를 입은 여자의 엉덩이는 잘 익은 복숭아처럼 선이 고왔다. 어쩌다 건널목에서 향수를 진하게 뿌린 여자 옆에 서 있기도 했다. 그럴 때면 가슴이 울렁거리는 게 기분이 묘했다.

하루를 꼬박 굶었다. 경동시장에 이르렀을 땐 배가 고파 걷기도 힘들었다. 주저앉은 거리에서 낯선 음식 냄새가 코를 찔렀다. 고개를 빼 음식점 안을 들여다보니 실내엔 사람들이 뿜어낸 담배 연기가 자욱했다. 사람들은 짜장면과 탕수육 빼갈을 달라고 소리쳤다. 거리로 쏟아져 나오는 음식 냄새만으로도 군침이 절로 돌았다. 간판을 보니 '평화반점'이라는 음식점이었다. 만봉은 용기를 내어 평화반점으로 들어갔다. 빈자리를 찾아 앉자 어린 여자아이가 주문을 받으러 왔다. 만봉은 옆 테이블을 가리키며 같은 걸로 달라고 했다. 여자 아이가 고개를 갸웃 하더니 돌아갔고, 잠시 후 짜장면과 탕수육 그리고 빼갈 한 병이 테이블에 놓여졌다. 난생처음 맛본 짜장면과 탕수육은 꿀맛이었다. 옆자리를 힐금거리며 병을 따 빼갈도 한 잔 마셨다. 사이다 같은 음료수인 줄 알았더니 독한 술이었다. 목구멍부터 타들어가던 열기가 뱃속까지 전해지더니 온몸이 화끈거렸다. 내친 김에 한 잔 더 마셨다. 머릿속이 빙빙 도는 게 세상이 달라 보이기까지 했다. 서빙 보는 여자아이가 이뻐 보이기도 하고 옆자리 여자의 가슴이 더 커 보이기도 했다. 만봉이 여자들을 향해 히죽히죽 웃자 카운터에 있던 사장이 다가와 "손님, 몇 살이세요?" 하고 물었다. 만봉이 손가락을 펴며 열세 살이라고 하자 사장은 어이가 없다는 표정을 지었다.

"그래, 돈은 있어?"

만봉이 고개를 끄덕이며 주머니를 뒤적였다. 기분 좋게 웃던 만봉의 얼굴이 일그러진 건 그때였다. 주머니에 있어야 할 돈이 어디론가 감쪽같이 사라지고 없었다. 횡단보도를 건널 때도 짧은 치마를 입은 여자와 나란히 걸을 때만 해도 있던 돈이었다. 그럼에도 돈은 연기처럼 사라졌다. 어느 순간 소매치기를 당한 모양이었다. 서울은 멀쩡한 사람 코도 베어 간다더니 그 말이 맞는 모양이었다. 만봉이 울상을 지으며 주머니에 손을 넣었다 뺐다 하자 사장이 "이느무 새끼, 내 그럴 줄 알았다"라며 뒤통수를 후려쳤다.

사장은 만봉을 숙소로 끌고 가더니 돈도 없는 어린놈이 술까지 시켜 먹었다며 발길질을 하기 시작했다. 얼마나 맞았던지 만봉은 먹은 것을 다 토했다. 입술이 터지고 머리가 깨졌지만 술기운이 있어 아픔은 덜했다.

"너 이 새끼 무전취식은 사기죄야. 너 콩밥 먹을래! 아니면 먹은 값만큼 가게에서 일을 할래! 만약 여기에서 일한다고 하면 먹여주고 재워도 준다!"

둘 중 하나 선택하라는 거였다. 입술로 흘러내리는 피를 닦던 만봉은 "가게에서 일할래요" 했다. 재워주고 먹여준다는데 망설일 이유가 없었다. 사장은 당분간 월급은 없고 오 년 안에 다른 가게로 가거나 하면 콩밥을 먹일 거라고 다짐을 놓았다.

그날부터 만봉은 일대에서 제법 큰 '평화반점' 식구가 되었다. 평화반점 식구는 사장 내외를 포함해 주방장 주방 보조 서빙 배달까지 총 아홉이었다. 그럼에도 사람이 더 필요한지 가게 앞에는 배달과 홀서빙 등을 구한다는 '직원모집'이라는 글을 붙여놓았다.

평화반점의 하루는 일찍 시작되었다. 사장 내외가 시장을 봐오면 양파와 배추 감자 등의 야채를 다듬고 썰고 당면을 끓이고 마른 해물을 물에 불리고 닭고기와 돼지고기를 썰고 뜯고 춘장을 볶는 일까지 일사분란하게 움직였다.

신입인 만봉은 음식 쓰레기를 정리하는 허드렛일과 설거지에 투입되었다. 하지만 그 일도 처음 하는 일이라 만봉에겐 버겁기만 했다. 일을 제대로 하지 못한다며 여기저기에서 욕설과 주먹이 날아왔다. 점심시간이 지나면서는 설거지가 늦다며 주방 보조로부터 발길질도 당했다. 굼뜬 동작이 문제였는데 그것은 만봉도 고칠 수 없는 것이라 어찌할 수 없었다.

뜨겁던 여름이 가고 첫 추위가 몰아닥친 겨울 어느 날이었다. 영업을 끝낸 시간 사장이 직원들을 집합시켰다. 사장은 길 건너

남경반점을 치러 간다며 각자 무기가 될 만한 것들을 챙기라 했다. 경쟁 업소인 남경반점에서 직원들을 빼간다는 게 이유였는데, 이번엔 배달 직원 둘을 빼갔다고 한다. 가게엔 사장 부인을 제외하고 서빙 담당 여자들까지 다 모였다. 이미 경험이 있는 직원 몇은 오랜만에 몸을 풀겠다며 손마디를 풀기도 했다. 사장은 무기가 될 만한 것들을 챙기라고 했는데, 주방 칼을 든 이도 있고 걸레자루를 든 이도 있고 고춧가루를 챙긴 이도 있었다. 만봉은 연탄집게를 들고 사장을 따랐다. 사장은 직원들을 데리고 남경반점 숙소로 갔다. 방 두 칸인 남경반점 숙소는 신입 환영회를 한다며 술을 마시고 있었다. 사장이 방문을 걷어차며 들어가자 평화반점에서 배달을 하던 직원 둘이 "사장님…" 하며 엉거주춤 일어났다.

"이 새끼들이 날 배신하고 여길 와?"

사장이 소리치자 배달 둘이 남경반점 직원들 눈치를 보며 밖으로 나왔다. 사장이 배달 둘을 패기 시작하자 남경반점 직원들이 사장을 향해 달려들었다. 그때 누군가 고춧가루를 상대 숙소로 뿌렸다. 상대 직원들이 주춤하자 마스크를 한 주방장과 보조가 칼과 몽둥이를 휘두르기 시작했다. 순간 상대 숙소는 아수라장이 되었고, 상황은 십 분도 되지 않아 종료되었다. 만봉도 연탄집게를 휘두르며 뭐라 소리쳤으나 나중에 생각해도 무슨 말을 지껄였는지 기억나지 않았다.

계절이 또 바뀌어 서울에도 봄이 왔다. 그 사이 직원 몇이 나가고 몇이 또 들어왔다. 신입이 왔다지만 만봉보다는 나이가 많고 경험들이 있어 설거지 담당은 늘 만봉 차지였다. 봄이 무르익을 무렵이 되자 신문과 방송에선 연일 대학생들의 시위 모습을 보여주었다. 손님들이 주고받는 대화도 시국에 관한 것들이 많을 정도였다. 인근 대학에서 시위가 있는 날이면 평화반점까지 최루탄 냄새가 날아들었다. 그럴 때면 가게 앞에서 손님들을 상대로 구두를 닦는 홍식이도 신이나 학생들의 꽁무니를 따라다니곤 했다. 시위가 있는 날은 배달이 밀려 멀지 않은 곳은 만봉이 직접 나가기도 했다. 하지만 철가방을 들고 오층 건물을 오르내릴 때면 팔 다리가 후들거리며 맥이 쭉 빠졌다. 짬뽕이나 짜장면은 신속 배달이 생명인데, 느려터진 만봉은 손님들을 기다리게 하기 일쑤였다. 그런데 이상한 것은 불어터진 면발에다 국물까지 흘렀지만 만봉이 배달만 하면 욕 대신 음식이 맛있다는 칭찬을 들었다. 손님이 많은 어떤 날은 서빙 보는 일을 도와 탕수육이나 짜장면을 내주기도 했다. 만봉이 가지고 간 탕수육이나 짜장면이 여느 것과 다를리 없지만 유독 맛있다며 주방장을 칭찬했다. 또 주방이 바쁠 땐 만봉이 음식 재료를 다듬고 요리 만드는 일을 도운 적도 있었는데, 그런 날은 손님들로부터 음식이 맛있다며 추가 주문이 들어오기도 했다.

"어이, 주방장. 요즘 들어 음식 맛이 좋아졌다는 얘길 많이 들어. 새로운 양념이라도 개발한 건가?"

어느 날은 사장이 주방장의 어깨를 토닥이며 보너스를 챙겨주기도 했다. 다들 주방장에게 박수를 보냈지만 문제는 음식 맛이 들쭉날쭉 하다는 점이었다. 왜 그런지는 서로 알 길이 없었지만 음식이 맛있다는 소문이 한 번 나자 점심시간엔 긴 줄이 만들어지기도 했다. 장사가 잘 되자 사장은 직원들의 월급을 몇 백 원씩 올려주었는데, 만봉에게도 첫 월급이 주어졌다. 만봉은 비로소 음식값을 갚았다는 생각에 몰래 눈물을 훔치기도 했다.

평화반점이 동네 돈을 긁어모은다는 소문이 나던 즈음 완장을 찬 식품 단속반이라는 사람들이 들이닥쳤다. 시청에서 왔다는 단속반은 가게 문을 걸고 직원들의 이동도 금지시켰다. 사장이 무슨 일이냐고 따지듯 물었으나 단속반은 제보가 들어온 이상 주방을 확인해야 한다, 는 말만 되풀이했다. 사장은 어떤 놈이 찔렀는지 걸리면 가만두지 않겠다며 문밖을 향해 소리쳤다. 단속반은 주방에 들어가 양념과 음식 재료 등을 수거했다. 그들이 돌아가자 사장은 영업 정지를 당할지도 모른다며 즉각 담당 공무원을 찾아갔다. 사장이 뒷돈을 들이밀자 며칠 후 '특이 사항을 발견하지 못했음'으로 사건은 일단락되었다. 그럼에도 평화반점 음식에 사람고기가 들어갔느니 마약이 들어갔느니 하는 터무니없는 소문은 꼬리를 물고 이어졌다. 그렇지 않고서 신비한 맛을 내기 어렵다는 거였다.

음식이 갑자기 맛있어진 이유를 궁금해하던 사장은 음식 맛이 만봉과 관련이 있음을 알았다. 그동안 사장은 만봉의 움직임을 예의 주시했다. 만봉이 설거지를 하는 날은 평소와 같은 음식이 나왔고, 서빙 일이라도 돕는 날엔 만봉의 손에 닿은 음식들에 대한 칭찬이 유독 많았다. 또 어쩌다 만봉이 주방에 들어가는 날엔 음식 맛이 유별나게 좋았다는 걸 알아차린 것이다. 사장은 그때부터 만봉의 동선과 음식 맛을 비교하기 시작했다. 어떤 날은 일부러 만봉을 주방에 들여보내기도 했는데, 그런 날은 매출이 껑충 뛰기도 하여 사장을 더욱 흥분시켰다. 그러나 아무리 살피고 또 살펴봐도 음식 맛이 좋아지는 원인만큼은 사장도 알 순 없었다.

가을이 깊어가던 어느 날이었다. 주방장에게 고향에 다녀올 일이 생겼다. 주방장은 주방을 비워 죄송하다는 말을 몇 번이고 했다. 사장은 만봉의 능력을 시험해볼 기회다 싶어 잘 다녀오라며 여비까지 줘서 보냈다. 사장 부인은 주방장이 돌아올 때까지 영업시간을 줄이는 게 어떠냐고 했다. 사장은 대답 대신 설거지를 하고 있던 만봉을 불렀다.

"주방장이 올 때까지 쿡은 만봉이 잡아라."

사장의 말에 평화반점 식구들의 눈이 휘둥그레졌다. 주방 보조는 주방장이 없으면 마땅히 자신이 쿡을 잡아야 하는데 아무것도 모르는 만봉에게 주방을 맡길 수 없다며 발끈했다.

"사장님, 이 업계도 서열이 있고 규율이 있다는 거 잘 아시잖아요. 아직 설거지나 하는 놈에게 쿡을 맡기는 게 말이 됩니까? 제가 그동안 온갖 설움 받아가며 보조를 했는데, 이런 기회에 빼시면 저는 어쩝니까. 더구나 밀가루 반죽도 못 하는 놈 밑에서 시다바리나 하라니요."

주방 보조가 길길이 날뛰었다. 사장 부인도 있을 수 없는 이야기라며 목소리를 높였다. 하지만 사장은 한 번 결정한 것을 번복할 수 없다며 만봉에게 주방 국자를 쥐어줬다. 화가 난 주방 보조는 떠나겠다며 앞치마를 벗어 던지고 가게를 나갔다. 사장은 주방 보조를 애써 잡지 않았으나 부인은 "아이고, 가긴 어딜 가!" 라며 가게 밖까지 따라나갔다가 혼자 돌아왔다. 자신으로 인해 가게가 소란스러워지자 만봉은 어쩔 줄을 몰라 했다. 그간 설거지를 하며 어깨 너머로 음식 만드는 걸 보긴 했지만 면을 뽑고 간을 맞추고 야채를 볶는 일이나 춘장을 만드는 것은 자신이 할 수 있는 일이 아니라고 생각했다. 더구나 주방 보조까지 떠난 마당이었다.

"사장님, 전 요리 못 해요."

만봉이 울먹이자 사장은 자신이 도와줄 것이니 아무 걱정 말라며 만봉을 다독거렸다. 사장이 영업 준비 개시를 알리자 다른 직원들도 어쩔 수 없다는 듯 각자의 위치로 돌아갔다. 사장은 주방장 출신답게 못 하는 게 없었다. 오랜만에 하는 일이라지만 칼질이나 주방기구 다루는 솜씨는 감탄스러울 정도였다. 다만 간을 보고 조리된 음식을 담는 등의 마지막 과정은 만봉에게 시켰다. 만봉에 의해 음식이 나가자 음식 맛이 좋다는 칭찬이 쏟아졌다. 직원들은 쿡 출신인 사장이 직접 만든 음식이라 맛있는 줄 알지만 사장은 그 맛이 만봉에 의해 만들어진다는 것을 잘 알고 있었다. 만봉이 주방 일을 보는 며칠 동안 평화반점은 손님들로 넘쳐났다.

사장은 만봉의 손에만 닿으면 음식 맛이 변하는 그 능력이라는 게 대체 어디에서 만들어지는지 알아내기 위해 각종 요리를 실험했다. 사장이 서비스라며 손님 테이블에 내놓는 음식들은 사장도 처음 만들어보는 것들이라 스스로도 음식 맛을 장담할 순 없었다. 사장은 자신이 만든 음식을 슬쩍 맛보기도 했는데 요리라고 하기엔 맛이 너무 없었다. 그럼에도 만봉의 손을 거치면 세상에서 처음 맛보는 기막힌 음식으로 변했다. 심지어는 도무지 음식이라고 할 수 없을 정도로 대충 만든 음식도 만봉에게만 가면 맛있는 음식으로 바뀌었다. 사장으로선 귀신이 곡할 노릇이었다. 대체 만봉의 몸 어디에서 저런 능력이 나오는 건지 짐작도 추측도 되지 않았다.

주방장이 돌아오자 사장은 만봉을 주방 보조로 앉혔다. 다시 카운터에 앉은 사장은 만봉의 움직임을 세심하게 살폈다. 그러곤 밤이 되면 만봉을 활용한 사업 구상에 몰두했다. 만봉만 있다면 무슨 사업을 벌여도 순풍에 돛을 단 듯 술술 풀릴 것만 같았다. 이런저런 생각에 잠겨 있자 사장 부인이 물었다.

"무슨 생각을 그리 해요?"

"짜장면집 그만두고 요리집이나 해볼까 하는데 당신은 어때?"

"요리집? 어휴, 그거 기생들 두고 하는 장사잖아요. 난 못 해요! 아니 안 해요!"

"애들도 짱깨집 자식이라는 놀림받는 거 싫어하잖아."

"기생들이 술 파는 요리집은 뭐 다른가? 이제 겨우 자리 잡아 가는데 딴 생각 말고 지금 장사나 잘 합시다."

"요리집이야 품위가 다르지. 거긴 하룻밤 음식 가격이 우리가 사는 집 한 채 값이 왔다갔다 한다잖어. 그리고 손님도 권력 가진 높은 양반들이 주 고객이라 서민들 상대로 하는 짜장면집관 수준이 달러. 요리집하면서 그 사람들 자주 만나다 보면 친해지고 친해지다 보면 우리도 덩달아 그런 권력도 좀 누려보고 그러다 보면 당신도 요리집 마님 대접도 받고."

"권력이고 마님이고 뭐고 하여튼 난 못 하니 그런 줄 알아요."

사장 부인의 말에 사장이 "내게 다 생각이 있으니까 해보자고." 했다. 다음 날 아침 사장은 만봉을 은밀하게 불렀다. 무슨 일이냐는 표정에 사장이 서류 한 장을 꺼내놓았다.

"이게 뭔가요?"

"너 오늘부터 정식 직원이 되는 거야. 그러니 계약을 제대로 해야지."

사장이 만봉에게 서류 끝머리에 손도장을 찍으라 했다. 밑도 끝도 없는 이야기라 어안이 벙벙했지만 정식 직원이라는 말에 만봉은 사장이 준비한 서류에 손도장을 꾹 찍었다.

"좋아, 오늘부터 넌 내 사람이다. 평생 먹여주고 재워주고 장가도 보내줄 테니 배신만 하지 마. 배신하면 그땐 콩밥이 아니라 쥐도 새도 모르게 죽여버릴 거야. 알겠어?"

사장의 말에 만봉은 고개를 끄덕였다. 평생 먹여주고 재워주고 장가까지 보내준다는데 이보다 좋은 제안이 또 있을까 싶었다. 주방으로 돌아온 만봉은 바닥에 주저앉아 또 눈물을 훌쩍였다.

만봉과의 계약이 끝나자 사장은 요리집으로 쓸 만한 한옥을 알아보기 시작했다. 사장이 간 동네는 중앙정보부 청사가 있는 이문동이었다. 이문동은 도심에서 보면 한갓진 동네지만 멀지 않은 곳에 육군사관학교까지 있는 데다 무엇보다 집값이 저렴했다. 마을을 돌던 사장은 이틀 만에 요리집으로 사용할 만한 한옥 하나를 계약했다. 사장이 구한 한옥은 조선말 지체 높은 환관이 살던 집이라 했다. 그래서인지 높은 담장에다 사랑방 앞엔 잘 꾸며진 연못이 있고 마당도 넓었다. 또한 매화나무와 회화나무 등의 격조 있는 나무들이 정원 곳곳에 심어져 있어 요리집으로 쓰기엔 최적의 장소였다.

가게로 돌아온 사장은 평화반점을 부동산에 내놓았다. 평화반점은 일대에서 소문난 가게였던 터라 매물이 나오자 달려드는 이들이 많았다. 가게를 넘겨주는 조건이 주방장을 포함한 직원들까지 인계한다는 것이어서 혹할 만했다. 그들은 가게 앞에 길게 늘어선 손님과 음식 맛을 확인하곤 곧장 흥정에 들어왔다. 하지만 장사가 잘 되고 있는 상황에다 이사 갈 집까지 구해놓은 터라 급할 게 없었다. 사장은 가격이 오를 때까지 기다리다가 가게를 내놓은 지 열흘 만에야 높은 가격을 받고 가게를 넘겼다.

가게가 팔리는 사이 사장은 한옥을 수리하는 동시에 가게에서 일할 마담을 구하러 다녔다. 수소문 끝에 만난 여인은 한때 유명 요리집에서 일했던 마담이었다. 사십 대라고는 믿기지 않을 정도로 배우 빰치는 미모를 가진 여인은 입이 무거워 보였고 상대를 대하는 매너 또한 짜장면집을 하던 사장과는 격이 달랐다. 사장은 그녀의 품성과 그녀가 지니고 있는 고객 명단만으로도 당장 영업을 개시해도 부족함이 없다고 판단했다. 사장은 그녀를 마담으로 들이기로 결정하고 가게 이름을 한 번 맺은 인연은 반드시 갚는다는 뜻인 「보은각」이라 지었다.

보은각은 만봉이 만드는 음식과 마담 특유의 친화력으로 인해 한 달 만에 자리를 잡았다. 이름만 대면 알 만한 권력자들의 방문이 잦아지자 재벌과 기업가들이 권력에 줄을 대기 위해 무시로 찾았고 채홍사들은 아예 상주하다시피했다. 하지만 나는 새도 가끔은 발자국을 남기는 법이었다. 권력과 돈이 오가는 곳엔 반드시 새로운 정보도 만들어졌다. 마담을 통해 모아진 귀한 정보들은 사장의 장부책에 차곡차곡 쌓였다.

사장이 권력과 돈벌이에 재미가 들렸을 즈음 평화반점을 인수한 사장이 찾아왔다. 주방장이 만드는 음식이 처음 먹었던 음식과 다른 데다 손님들도 점점 줄어 장사가 잘 안 된다는 거였다. 평화반점 사장은 일하던 직원들마저 떠나고 있어 곧 문을 닫게 생겼다며 하소연을 했다. 사장은 "허, 사정이야 알겠지만 그 업계를 떠난 입장이라 딱히 할 말이 없네요"라며 평화반점 사장을 돌려보냈다. 평화반점 사장으로선 뭔가 속고 있다는 느낌을 떨칠 수가 없었지만 달리 방법이 없었다. 그랬던 평화반점 사장이 주방 보조로 있던 만봉을 가게로 보내주면 안 되겠냐는 연락을 했다. 주방장의 말이 음식 맛에 관한 비밀은 주방 보조를 하던 만봉에게 있다고 하더라는 거였다. 평화반점 사장의 말에 사장은 터무니없는 이야기며 이런 문제를 또 제기하면 가만두지 않겠다고 엄포를 놨다. 보은각 사장이 그렇게 나오자 평화반점 사장은 보은각이 지닌 배경을 아는 듯 두 번 다시 만봉 문제를 거론하지 않았다.

일 년이 지나자 보은각은 유명 요리집이 되었다. 방송에 나오는 누가 그 집 기생 출신이라는 소문이 돌면서는 기생 구하는 일도 수월해졌다. 장사도 잘 되어 사장은 돈을 긁어모았으며 기관에서 나온 정보를 활용하여 막 개발이 시작된 강남에 투자도 했고, 부처 장관에게 부탁해 시골에서 놀고 있는 친척들을 시골 군청이나 경찰서에 들여보내 주기도 했다. 그러던 어느 해 가을이었다. 평생 집권을 꿈꾸던 대통령이 부하의 총에 맞아 죽는 급변 사태가 일어났다. 장소는 청와대 인근 안가의 술자리라고 했다. 옆엔 가수와 미모의 여인도 있었다고 하니 대통령과 부하 몇이 즐긴 소행사 자리였다. 사장은 피격 장소가 보은각이 아닌 걸 다행으로 여기며 가슴을 쓸어내렸지만 그 일로 손님이 뚝 끊기면서 넓은 보은각엔 적막만 흘렀다.

대통령이 죽자 정국은 요동쳤다. 티브이에 등장한 새로운 권력자는 혼란이 곧 수습될 것이라고 했지만 정국은 안개 속이었다. 전국에 계엄이 내리면서 인근 중앙정보부 건물은 군인들이 접수했고, 그들은 쿠데타를 일으켜 군권까지 장악했다. 총을 든 군인들이 거리를 활보하고 탱크가 중앙청 건물 앞에 진주했다. 정치인과 재벌 회장들이 줄줄이 잡혀가는가 싶더니 얼마 있다가는 총을 든 군인들이 보은각 사장을 체포해 갔다. 사장이 무슨 죄가 있냐며 항변했지만 등짝으로 날아드는 개머리판을 이겨낼 수는 없었다. 사장이 붙잡혀 가자 기생들과 직원들은 뿔뿔이 흩어졌고, 상황 판단이 빠른 마담도 어디론가 피신해 있겠다며 보은각을 떠났다.

보은각 사장이 계엄사에 잡혀갔다는 소문은 평화반점까지 들려왔다. 평화반점 사장은 이때다 싶어 보은각 사장 내외와 만봉을 사기 혐의로 계엄사에 고발했다. 고발은 즉시 통했다. 이튿날 사장 부인과 만봉이 수갑을 찬 채 군용 지프에 실려 사장이 감금되어 있는 곳으로 갔다. 어둔 건물 지하에 이르니 피범벅이 된 사장이 기진해 있었고, 그 옆에는 언제 잡혀왔는지 마담 역시 헝클어진 머리를 한 채 흐느끼고 있었다. 두 사람은 만봉이 도착하기 전까지 보은각에 드나든 사람들 명단과 그들이 술자리에서 한 대화 내용을 갱지에 적고 있었다.

"야, 저년 훌쩍거리는 소리 듣기 싫으니 기분도 꿀꿀한데 누가 신음소리로 좀 바꿔봐라."

상급자의 말에 몽둥이를 들고 있던 군인이 마담을 끌고 옆방으로 갔다. 이내 고함소리와 비명소리가 옆방에서 들려왔지만 마담의 신음소리는 끝내 들려오지 않았다. 옆방이 잠잠해지자 군복을 입은 군인이 방으로 들어왔다. 그는 서류철을 펼치더니 사장에게 '평화반점'을 아느냐고 물었다. 사장이 고개를 끄덕이자 군인이 "고발장을 보니 사기를 꽤 크게 쳤더만" 하며 만봉을 쓰윽 훑어봤다. 만봉이 무서운 듯 벌벌 떨고 있자 군인이 준비해온 냄비를 내밀었다.

"니가 평화반점에서 주방 보조를 했던 만봉이란 놈이지? 요리를 잘한다는 칭찬이 자자하던데 이놈들을 요리해봐."

냄비 뚜껑을 열자 그 안에는 금방 잡은 듯 목이 잘린 닭 한 마리가 피를 흘리고 있었다. 만봉이 난감한 표정을 지으며 사장을 바라보았다. 사장은 닭에 손을 대서는 안 된다는 듯 고개를 크게 저었다. 만봉이 울먹이며 "저 요리 못 해요" 하자 군인이 허리춤에 차고 있던 권총을 뽑았다.

"해!"

군인이 만봉에게 권총을 겨누며 낮은 음성으로 말했다. 이어 군인의 총에서 총알을 장전하는 소리가 철거덕 났다. 실내는 숨이 막힐 정도로 고요해 그 소리만으로도 만봉은 정신을 잃을 지경이었다.

"해!"

만봉이 머뭇거리자 군인이 같은 말을 반복했다. 이번에도 거역하면 방아쇠가 당겨질 것만 같았다. 겁에 질린 만봉이 오줌을 지리며 고개를 끄덕였다. 만봉이 손을 덜덜 떨면서 털을 뽑기 시작했다. 닭 손질이야 어렵지는 않았지만 뜨거운 물에 튀기지도 않은 생닭의 털을 뽑는 건 아무래도 쉬운 일은 아니었다. 털을 뽑은 만봉은 준비된 대검으로 배를 갈라 닭똥집과 간을 분리하고 내장도 덜어냈다. 손질을 끝내자 군인이 냄비에 물을 담아주며 명했다.

"끓여!"

만봉은 군인이 시키는 대로 준비된 버너에다 닭을 끓였다. 황기나 인삼 같은 약재도 소금 같은 양념도 없이 끓이는 백숙이었다. 닭이 익자 국물은 기름기가 조금 떴을 뿐 어떤 맛도 내지 못할 것처럼 보였다. 만봉이 다 되었다며 한 발 물러서자 군인이 냄비를 들고 방을 나섰다. 만봉이 끓인 닭백숙은 아무 양념도 되지 않았음에도 신기하게도 간이 맞았다. 육질은 감칠맛이 나면서도 입안에서 사르르 녹아들었다.

"허, 세상에 닭이 이런 맛을 낼 수 있나? 이건 마술이다 마술."

"그러게 말입니다. 이런 음식은 신이나 만들지 사람이 만들 수 있는 음식이 아닙니다."

닭을 뜯던 군인들이 놀랍다는 듯 말했다. 군인들은 만봉의 능력을 시험하기 위해 몇 가지 음식을 더 만들게 했다. 만봉이 만든 음식은 군인들의 입맛을 사로잡았고, 신비한 음식 이야기는 곧장 상부에 보고되었다. 상부에서는 만봉을 독방에 가두어 감시를 철저하게 하라는 명을 내렸다. 보은각 사장은 큰일이다 싶었다. 군인들까지 만봉의 능력을 알았다면 만봉을 잃게 될 것이 자명했다. 모든 걸 잃어도 만봉만 있으면 사업은 금방 일어설 수 있었다. 마음이 급해진 사장은 군부가 원하는 것을 모두 줄 테니 책임자를 만나게 해달라고 청했다.

다음 날 아침 사장은 군인들에게 이끌려 책임자 집무실로 갔다. 책상엔 정보처장 아무개라는 명패가 놓여 있었고, 검은 선글라스를 낀 처장이 권총을 손질하고 있었다.

"줄 게 뭔가?"

처장이 총알을 장전하며 물었다. 사장은 만봉이라는 아이를 풀어주면 원하는 걸 다 내놓겠다고 말했다. 두려움 가득한 음성이었다. 처장은 "허, 이 새끼 보게. 나와 거래를 하자는 건가?" 하더니 사장에게 권총을 겨누었다.

"그 아이는 죄가 없습니다. 허니 죄는 제게 물어주십시오."

사장이 머리를 조아리며 청했다.

"멋진 말이군. 하지만 거래가 되는지는 물건부터 확인해야 하는 거 아닌가?"

처장의 말에 사장은 자신이 정리해두었던 장부를 건네주겠다고 했다.

"정보도 중요하지만 우리에겐 돈이 더 필요해. 쓸 곳이 많거든."

처장이 권총으로 사장의 턱을 들어 올리며 말했다. 사장은 자신이 소유한 보은각과 강남에 사둔 땅도 드리겠다고 했다. 처장은 그제야 고개를 끄덕이며 "그 정도 성의라면 거래를 해보지" 했다. 사장이 비밀 장부가 있는 곳을 대자 처장은 어디론가 전화를 걸어 장부를 가지고 오라고 했다. 장부는 점심 무렵 도착했고, 곧장 분석에 들어갔다. 장부에는 군부가 필요로 하는 고급 정보들이 제법 있었다.

"장부는 잘만 쓰면 거액을 끌어 모을 수 있겠습니다만, 만봉이라는 아이는 어떡할까요?"

장부를 분석한 군인이 처장에게 물었다.

"그 아이는 위험한 인물이야. 그러니 알아서 처리해."

"신비한 능력을 가진 아이입니다. 없애긴 아깝지 않겠습니까? 적당히 활용하다가 없애도 늦진 않으리라고 봅니다만."

군인의 말에 고개를 끄덕이며 처장이 "좋아, 그럼 아이 주변에 화근이 될 만한 놈들이나 잘 정리하도록!" 했다. 군인이 거수경례를 올리며 "옛!" 했다. 집무실을 나선 군인은 수하들을 불러 만봉과 관계된 자들을 다 잡아들이라 명했다. 가장 먼저 잡혀온 이들은 고발장을 낸 평화반점 사장과 주방장을 포함한 직원들이었다. 군인들은 그들 중 만봉의 능력을 알고 있는 이들을 추려 독방에 감금하였다. 이후 보은각에서 일하던 이들이 잡혀왔고, 만봉의 고향 사람 몇도 체포되어 왔다. 길고 긴 고문과 회유 끝에 만봉의 능력을 알고 있는 이들이 선별되자 군부는 그들을 인천 연안부두로 끌고 갔다. 곧장 고깃배에 실린 그들은 먼 공해상까지 이동해 하나씩 수장되었다.

독방에 감금되어 있던 만봉은 음식을 하기 위해 몇 차례 외출을 했다. 군인들은 그때마다 전쟁터에 나가는 군인들처럼 노래를 부르고 승리를 위한 건배를 했다. 이후 군인들은 한동안 만봉을 찾지 않았다. 밖에서 어떤 일이 벌어지는지 알 길은 없었다.

계절이 바뀌는가 싶더니 독방에도 여름이 왔다. 그 사이 만봉의 귀가 점점 멀어지더니 빗소리나 바람 소리조차 들려오지 않았다. 시간이 지나며 앞발과 뒷발도 짧아졌다. 등껍질도 다시 생겨나 단단하게 굳어갔다. 말도 잃어버려 입에서는 우웅우웅 우는 소리만 나왔다. 두 발로 걷는 일도 잊은 만봉은 다시 네발로 기기 시작했다.

어느 여름날이었다. 군인이 만봉을 찾았다. 각하께서 드디어 대통령이 되셨으니 음식을 준비해야 한다는 거였다. 군인은 네발로 엉금엉금 기는 만봉을 보더니 기겁을 했다.

"이건 뭐야!"

군인이 소리치자 총을 든 군인들이 몰려왔다. 만봉은 군인들에 의해 들려져 사무실로 옮겨졌다. 보고를 받은 처장이 급히 달려왔다.

"만봉이라는 놈은 어딜 가고 거북이가 감옥에 들어 있는 건가?"

처장은 어이가 없다는 듯 만봉을 발로 툭툭 찼다. 상황을 이해할 수 없는 건 군인들도 마찬가지였다. 군인들이 우물쭈물 답을 찾지 못하자 처장이 다시 물었다.

"만봉이라는 놈이 탈출이라도 했단 말인가?"

"지금까지 독방에서 나간 놈은 없습니다."

경비를 서고 있는 군인의 답에 처장이 정강이를 걷어찼다.

"이 새끼야! 그럼 이놈이 만봉이란 말야? 눈이 있음 똑바로 봐!"

군인들이 만봉을 이리 굴리고 저리 굴리며 살펴보았지만 독방에 있던 만봉은 아니었다. 처장은 결정적인 순간에 만봉이 사라졌다며 그 아이를 빼돌린 놈을 찾으라는 명을 내렸다.

"이 거북은 어떡할까요?"

"버리긴 아까우니 조리병을 불러 거북 요리라도 만들라고 해!"

처장은 그렇게 명을 내리고 사무실을 나갔다. 군인들은 즉시 조리병을 호출했다. 달려온 조리병들은 만봉을 들쳐 매고 식당으로 갔다. 식당으로 옮겨진 만봉은 도망치려 발버둥 쳐보지만 퇴화된 몸으로는 걸을 수도 뛸 수도 없었다.

"이걸 뭔 수로 요리를 합니까?"

"나도 몰라. 처장님께서 요리를 해보라시니 일단 푹 고아보지 뭐."

조리병들이 말을 주고받으며 대형 솥뚜껑을 열었다. 조리병 고참이 하나둘 구령을 하자 졸병 둘이 만봉을 들며 시소를 태웠다. 고참이 셋, 하자 만봉은 살려달라는 소리 한 번 지르지 못한 채 뜨거운 물속으로 던져졌다.

풍덩, 소리와 함께 만봉의 팔과 다리가 잠시 꿈틀거리는가 싶었

다. 하지만 이내 만봉의 몸은 굳어갔고, 허물을 벗듯 등껍질이 벗겨지기 시작했다. 끝

지역과 민중, 그 산문정신의 생명력

고명철(문학평론가·광운대 교수)

1

자신이 태어나고 성장한 곳의 크고 작은 이야기를 풀어내는 일이 언뜻 생각하면 땅 짚고 헤엄칠 정도로 쉬운 듯하지만, 잠시 호흡을 가다듬고 곰곰 궁리해보면, 이것만큼 어렵고 힘든 일도 없다. 여러 이유가 있다. 작가에게 너무나 낯익은 고향은 바로 그렇기 때문에 고향에 대한 적절한 거리두기에 실패함으로써 지나친 애향심에 바탕을 둔 토착주의 또는 지역주의에 기울거나 고향의 역사문화적 맥락을 웅숭깊게 살펴보지 않은 피상적 차원으로 흐를 수 있다. 기실 작가의 이러한 서사는 자신도 모르는 새 작가의 고향과 지역에 대한 매우 협소한 부정적 차원의 향토문학에 자기 구속되기 십상이다.

그래서 작가 강기희의 존재가 소중하다는 것을 아무리 강조해도 지나치지 않다. 강기희는 강원도 정선 태생으로 그의 고향과 지역에 대한 글쓰기는 앞서 언급했듯이 그러한 향토문학에 구속돼 있지 않다. 강기희의 이번 소설집 『양아치가 죽었다』는 이를 여실히 입증해준다. 이 소설집에서 그는 강원 정선 지역의 역사문화 및 경제사회의 맥락과 현실에 대한 서사적 긴장을 유지하면서 그의 글쓰기가 게을리할 수 없는 산문정신을 벼리고 있다.

2

그렇다면, 작가는 그의 지역을 어떻게 그려내고 있을까. 「내 이름은 투사」와 「양아치」에서 작가는 강원도에서 일어나고 있는 일련의 국책사업의 안팎에 연루된 현실에 대한 비판적 성찰을 음울하면서도 냉소적으로 드러낸다. 「내 이름은 투사」의 경우 한때 한국의 산업화를 가속화시켰을 뿐만 아니라 일상의 에너지를 공급해주는 주요 역할을 맡았던 석탄 사업이 퇴행길에 들어서고 마침내 폐광이 가속화된 현실에 직면한 지역 문제를 정면으로 응시한다. 그리고 「양아치」에서는 지역에 유치한 국책사업을 둘러싼 지자체와 정재계 및 지역 폭력배 조직 사이에 뒤엉킨 각종 이해관계의 병폐를 냉소적으로 풍자한다.

이와 관련하여, 「내 이름은 투사」에서 눈에 밟히는 장면이 있다.

> 눈이 녹으며 거리는 제 모습을 흉하게 드러냈다. 오픈을 알리는 유흥업소의 광고지들이 발에 채일 정도로 많이 뿌려져 있었다. 광고지엔 하나같이 벗은 여자들의 사진이 실려 있었다.

사북을 살기 좋은 곳으로 만들어달라고 투쟁한 것이 아니라 먹고 살게 해달라고 투쟁한 결과가 낳은 병폐 중의 하나였다. 먹고 사는 것은 곧 자본의 논리였고, 그 자본은 가끔 사북 사람들을 곤혹스럽게 만들었다. 탄가루가 씻겨 내려간 자리엔 어김없이 여관이나 술집이 둥지를 틀었으며 안마시술소 같은 곳도 우후죽순 들어섰다.(「내 이름은 투사」)

분명, 겉모습만으로는, 탄광 사업이 번창할 때 사북의 예전 모습과 엇비슷한 길거리 풍경이 재연(再演)되는 듯하다. "유흥업소의 광고지들이 발에 채일 정도로 많이 뿌려져 있"는 데서 알 수 있듯, 사북의 길거리는 경제적 번영을 누렸던 그 시절의 호황기를 맞이한 것처럼 보인다. 하지만 사북은 쇠락해간 탄광 사업 대신 관광 카지노 사업이 낳은, 이른바 '카지노 자본주의'의 병폐로 "사북 사람들을 곤혹스럽게 만들"고 있다. 이러한 '카지노 자본주의'의 극심한 폐단은 작중인물 '나'와 '민희'의 관계에서 단적으로 부각된다. '민희'가 어머니의 수술비를 마련하기 위해 자신의 몸이 사채업자에게 저당 잡혀 끝내 사채를 갚지 못한 채 사고로 죽는데, '민희'를 사랑하는 '나'는 그녀의 채무를 떠안는다. 그런데 '나'의 이런 모습이 몹시 안타깝고 씁쓸한 것은 '민희'의 사채가 사북의 '카지노 자본주의'와 연계돼 있고, 그것은 '나'에게 카지노와 관련한 일감을 주는 '나'의 동네 친구 '들개'가 가담하고 있는 악덕 사채업의 마수로부터 벗어나기 힘든 구조악(構造惡)과 행태악(行態惡)이 사북에 점차 팽배해지고 있다는 사실이다. 그러니까 사북 탄광의 쇠락은 카지노 특구가 개발되는 국책사업 속에서 '카지노 자본주의'의 병폐를 낳는 가운데, 그나마 사북에 남아 생존권을 이어가는 사람들은 '탄광 자본주의'와 또 다른 사행성 '카지노 자본주의' 이해관계의 사위에서 강팍한 삶을 살고 있는 셈이다. 이런 모습은 「양아치」에서 늙은 건달로 나오는 '양아치'의 갑작스런 죽음을 에워싼 전모가 기득권의 추악한 공모와 담합이 해당 지역 폭력배와 연루되는 "악의 협동"으로 드러나는바, 막대한 경제적 이권이 걸린 국책사업이 해당 지역민의 삶과 현실에는 별다른 관심 없이 개발성장주의의 부패와 타락의 전형에 대해 작가는 특유의 냉소적 비판의 태도를 견지한다.

사실, 이들 작품에서 읽을 수 있듯, 지역의 문화경제적 번영을 도모한다는 미명 아래 정부와 지자체가 추진하는 국책사업이 해당 지역 주민의 삶과 현실에 얼마나 밀착한 것인가에 대한 면밀한 검토 없이 경제지상주의로 지역을 나포하는 것은 여간 심각한 문제가 아닐 수 없다. 작가 강기희는 비록 강원 지역을 중심으로 이러한 문제를 서사화하고 있지만, 이것은 한국의 지역 곳곳에서 기획 및 실행되고 있는 국책사업과 연관된 것에 대한 비판적 서사로서 손색이 없는 것이다.

3

작가의 지금, 이곳에 대한 비판적 서사는 강원 지역의 역사적 성찰에 이어진다. 그리하여 19세기 말 근대전환기 무렵 강원 지역에서 근대와 조우하는 민중의 생동감 있는 역사적 움직임을 주목하는가 하면(「북소리」), 해방공간의 혼돈 속에서 억척스레 살아가는 민중의 삶을 정선 지역의 풍속에 자연스레 버무려놓는다(「아우라지」). 모두 강원 지역의 격동기에 천착하고 있다. 특히, 「북소리」에서 우리는 "남접인 전라도 지역의 동학봉기에 자극받은 북접 동학의 첫 봉기가 정선을 중심으로 일어난 것"을 주목함으로써 "정선의 동학인으로서 변혁의 시대에 침묵하는 것은 역사에 대한 죄"임을 뚜렷이 표방하는 작가의 민중적 역사인식을 만난다. 흔히 동학에 대한 서사의 대부분이 호남 지역을 중심으로 한 것을 상기해볼 때, 강기희의 「북소리」는 그동안 자칫 소홀히 간주할 뻔했던, 강원 지역에서 일어난 북접 동학의 민중봉기의 양상을 서사화하고 있는 것이다. 물론 북접 동학봉기는 남접 동학봉기가 그랬듯이 왜군과 야합한 민보단의 파상공세 속에 대패하여 봉기는 소멸한다. 작가는 북접 동학봉기의 이 일련의 과정을 「북소리」에서 매우 선명히 추적하는바, 동학에 참여한 나이 어린 두 작중인물의 비관주의가 녹아들어 있는 넋두리("아, 우리가 원하는 세상은 끝내 오지 않는단 말인가……")가 작품의 말미에 있는 것은 동학의 민중봉기가 품은 세계 변혁의 원대한 이상이 19세기 말 조선에 국한되는 게 아니라 21세기를 살고 있는 작가의 삶에 공명해온다. 그래서일까. 어찌된 일인지, 이 넋두리에 깃든 작가의 염원은 앞서 살펴본 강원 지역에 대한 비판적 서사의 맥락에 와 닿는다.

이처럼 비관주의적 세계인식으로 작품을 맺은 「북소리」는 「아우라지」에서 암울한 해방공간의 혼돈을 살고 있는 민중의 모습에 포개진다. 그것은 해방공간의 다른 지역도 그렇듯이 강원 지역에서도 일제의 식민주의가 완전히 청산되지 못한 채 작중인물 '나점출'로 표상되는 일제의 친일협력자는 새로운 제국의 지배자 미군정의 경찰에 재등용되는 등 "허망한 죽음과 일제의 잔재가 공존하는 여량 땅에서 누군가는 떼를 타다 죽고 누군가는 권총을 들고 날뛰"는 강원의 해방공간으로 나타난다. 그런데 작가는 이처럼 식민주의 역사가 올곧게 청산되지 않은 현실에 대해 보란 듯이 그 서사적 대척점에 정선의 뗏목이 지닌 낭만적 사랑이 함의한 식민주의 근대에 대한 저항의 풍속을 앞세운다. 작품의 말미에서 사랑하는 님을 만나기 위해 정선의 아우라지 강물을 건너다가 거친 물살에 휩쓸려 죽은 님을 애도하며 부르는 '민요-정선아라리'의 구술연행(口述演行)의 서사화야말로 저항의 풍속을 웅숭깊게 수행하기 때문이다. 비록 세상은 식민주의 근대를 말끔히 청산하지 못한 채 이념의 혼돈에 휩싸이고 있지만, 민중은 이 혼돈의 세상에도 불구하고 생에 대한 불굴의 의지와 욕망으로 정선 일대에 세차게 흐르는 강물의 물살을 헤쳐가면서 뗏목을 타는 위험을 감내한다. 급기야 목숨을 잃을 것을 각오하면서 자연의 거센 물살에 온몸을 맡긴다. 이런 민중의 생의 한계와 곡절 속에서 부르며 전래되는 민요가 정선아라리다. 그러므로 정선아라리는 제국의 식민주의가 표상하는 근대의 파행에 굴신하며 구비전승된 민요가 아니라 정선 지역의 민중의 낙천성과 생의 위엄이 파행적 근대를 넘어서는 사랑과 이별의 정한으로 드러난다. 따라서 「아우라지」의 구술연행의 서사로 재연(再演)되는 정선아라리는 해방공간의 이념적 혼돈을 훌쩍 넘어 역사의 파행에 대한 민중 예술로서의 저항이라 해도 과언이 아니다.

관련하여, 이번 소설집에서 민중 예술로서 저항의 서사는 작가 특유의 해학과 풍자로 표현되는데, 「돈의 행방」과 「구만봉 약전」은 이를 여실히 보여준다. 그래서 이 두 작품이 공유하고 있는 것은 웃음이다. 그런데 이 웃음은 씁쓸하면서도 어딘지 모르게 안타까움과 슬픔을 동반하는 시쳇말로 '웃프다'의 정감에 가깝다고 할까. 가령, 「돈의 행방」의 경우 마을에서 부자인 '국 영감'의 집에 불이 나 집에 보관해둔 금고를 갖고 나오지 못한 정황에서 '국 영감'은 불길 속으로 뛰어들어가 금고를 갖고 나왔으나 금고 안은 텅 비어 있는 채 돈이 탄 흔적 없이 타버린 금고만 있을 뿐 말 그대로 돈의 행방은 묘연할 따름이며 추측만 성행하다. 그나마 '국 영감' 집이 화재가 나기 전 이미 "누군가 돈이 들어 있는 금고를 들고 가고 그 자리에다 돈이 들어 있는 금고와 똑같이 생긴 놈을 놓고 갔다"는 게 설득력을 얻는 추측이다. 여기서 중요한 것은 실제 돈의 행방이 아니라 이렇게 바꿔치기에 성공한 그래서 '국 영감'의 금고를 누구보다 잘 아는 사람이 화재를 일으켜 금고를 앗아간 이 치밀한 악행이다. 평소 '국 영감'과 친분이 가까우면서 신망이 두터운 사람이 범행을 주도면밀히 모의했다는 것은 '웃프다'에 아주 적합한 정감일 터이다. 인간 사이의 신의(信義)에 대한 작가의 이 서늘한 웃음은 이 모든 신의를 간직한 '국 영감'의 어리석은 삶에 대한 해학이기도 하며, '국 영감'의 이 신의를 헌신짝처럼 내팽

개친 것도 모자라 치밀하게 이것을 도적의 수단으로 악용한 것에 속수무책으로 당할 수밖에 없는 '국 영감'에 대한 신랄한 풍자가 교차한다. 그만큼 한국 사회는 작가의 시선에 의해 돈을 향한 탐욕이 제어할 수 없는 지경에 이른 안타깝고 씁쓸한 현실에 놓여 있는 셈이다.

이 씁쓸한 현실은 「구만봉 약전」에서 생각하기에 따라 포복졸도할 어처구니없는 웃음으로 부각된다. 태어날 때부터 "사람이 아니라 마치 갓 태어난 거북"의 형상을 지닌 '만봉'은 마을 사람들로부터 전염병 창궐의 원인으로 비난을 받으면서 성장하더니 고향을 떠나 서울 생활을 시작한다. '만봉'의 파란만장한 인생 유전은 서울살이에서 도저히 믿을 수 없는 황당한 일의 연속이다. 중국음식점에서 허드렛일을 하는 점원 '만봉'은 주방에서 우연히 일을 시작하게 되면서 귀신이 들린 듯 음식 맛이 좋아지고 떼돈을 벌어들인다. 이 비밀을 알아챈 주인은 중앙정보부 청사 근처에 고급 요릿집을 내고 '만봉'에게 요릿집 주방보조를 맡기면서 많은 부를 축적한다. 그런데 '만봉'의 이러한 인생의 행운은 급반전한다. 대통령이 죽자 관련자를 체포하여 조사하는 가운데 온갖 기밀들이 오고간 고급 요릿집에서 일을 했다는 이유로 '만봉'도 해당되었고, 중앙정보부에서 차마 웃지 못할 일들이 '만봉'에게 일어난다. '만봉'의 빼어난 음식 솜씨 때문에 계엄 시국에 가까스로 목숨을 잃지 않았지만, 오랫동안 독방에 투옥되면서 '만봉'은 거북의 형상으로 바뀌었고, 그를 투옥한 군인들은 이 거북을 요릿감으로 간주한 채 '만봉'은 결국 대형 솥뚜껑 속의 거북 요리로 죽어간다.

마치 동화 속 판타지와 다를 바 없는 이 서사는 '만봉'으로 대별되는 우리 사회의 약한 소수자가 사회로부터 철저히 소외되는가 하면, 사회의 필요에 따라 악용되고 급기야 그 소용이 다하는 순간 폐기처분하는 반윤리적 타락성을 매섭게 풍자한다. 사회의 누구든지 '만봉'과 같은 약자로서 소수자를 사회의 동등한 구성원으로서 인식하지 않고 있는 부정적인 현실을 작가는 흡사 판타지의 서사로서 보여준다.

4

강기희의 이번 소설집을 통독하면서, 「잠시 비가 그쳤던 날의 설(說)」과 「시인이 죽은 사회」는 여느 소설과 다른 맥락에서 읽힌다. 이 두 작품을 제외한 6편의 소설이 허구의 서사 양식을 적극 활용하고 있다면, 이 두 편은 종래 낯익은 소설의 서사 양식보다 에세이의 글쓰기를 활용하고 있는 듯하다. '장마가 만들어낸 설(說)', '잠시 비가 그친 첫째 날, 용궁굿당 설(說)', '잠시 비가 그친 또 하루, 쥐 잡는 날의 설(說)', '잠시 비가 그친 마지막 날, 고인이 된 어느 시인의 출판기념회 설(說)' 등 4가지 에피소드로 구성된 「잠시 비가 그쳤던 날의 설(說)」은 제목이 단적으로 말해주듯, 다음과 같은 작은 이야기들의 모음이다.

> 그녀를 만난 것은 공교롭게도 장마 중 일주일 혹은 열흘 간격으로 잠시 비가 그친 날이었다. 비가 그친 사흘 중 하루는 해변가에 있

는 용궁굿당에 갔었고, 또 하루는 집안을 난장판으로 만든 쥐를 잡는데 허비했고, 마지막 하루는 지역에서 활동하던 시인의 출판기념회에 참석했다가 곤죽이 되도록 술을 마셨다.(「잠시 비가 그쳤던 날의 설(說)」)

그러니까, 뭐, 그리 새롭거나 파격적 이야기들의 모음이 아니다. 긴 장마가 소강상태에 있을 때 작중인물 '동술'은 낯선 여인에 사로잡힌 채 자신의 삶의 근거지를 목적 없이 배회한다. 그렇게 작가인 '동술'의 배회는 긴 장마의 틈새 반짝 찾아온 소강상태를 만끽하는 예술가의 무심한 산책 그 자체를 즐긴다. 중요한 것은 '무심함'이다. 아니, '동술'이 이 '무심함'을 만끽하는 것이야말로 작가로서 '동술'의 존재를 보증해야 할 절박한 그 무엇인지 모른다. 이것은 작가 강기희가 '작가로서' '예술가로서' 존재론적 사유에 관한 서사를 이번 소설집에서 진솔한 모습으로 드러내고자 하는 다음과 같은 대목에서 드러난다.

그날 이후, 나는 자살 시나리오를 다시 쓰기 시작했어. 완전 범죄를 꿈꾸는 살인자의 기분으로 치밀하게 준비했어. 시인의 자살이기에 몇 가지 문학적 장치도 마련했지. 난 한 치의 오차도 허용하지 않았어. 단 한 번의 실수가 나를 죽음의 목전에서 물러나게 할 수도 있었거든. 하지만 몇 차례의 예행 연습에서도 그런 실수는 발견되지 않았어. 나는 비로소 환한 미소를 지을 수 있었지. 죽음을 준비하면서도 그처럼 행복할 수 있다는 사실이 놀라웠어. 섹스 후 오르가즘에

도달하는 극치감과는 비교할 바가 못 되더군.(「시인이 죽은 사회」)

경제적 궁핍으로 밀린 월세도 지불하지 못한 채 집을 비워줘야 할 지경에 내몰린 시인을 낯선 여인이 갑작스레 방문하더니, 그녀가 만들어준 식사를 그녀와 함께 먹으면서 잡담을 주고받다가 자살에 관한 짤막한 대화를 나눈 후 그녀는 떠나버리고 시인은 다시 혼자 남아 위의 대목처럼 자살을 치밀히 준비하기 시작한다. 그런데 시인은 자살을 치밀히 준비하는 과정에서, 심지어 "몇 차례의 예행 연습"을 하면서, "죽음을 준비하면서도 그처럼 행복할 수 있다는 사실"에 놀라워한다. 이렇게 시인에게 자살 준비는 생을 마감하는 종언의 형식이 아니라 존재론적 갱신, 즉 예술가로서 신생의 삶을 위한 죽음의 형식을 기꺼이 수용해야 하는 일종의 예술의 갱신을 위한 통과적 제의로서 죽음의 성격을 갖는 것은 아닐까. 그리하여 시인 혹은 예술가의 자살 준비는 예술가 자신에게는 물론, 예술의 존재 가치를 폄하하는 우리 사회를 향한 예술적 저항의 또 다른 모습은 아닐까. 그렇다면 이것은 작가 강기희가 문학적 신생을 위한 제의적 자살을 준비하는 것으로 이해해도 무방하지 않을까. 이번 소설집은 그러므로 강기희의 문학에서 신생을 향한 간절하고 치열한 서사로 한층 다가온다. 끝

작가의 말

1

소설가로 살아온 지 스무 해가 넘었어도 소설집을 펴내긴 처음이다. 단편보다는 호흡이 긴 장편소설 집필에 몰두한 탓이었다. 그렇다고 단편 작업을 하지 않았던 것은 아니었다. 과작이지만 문예지로부터 청탁이 오면 썼고, 그렇게 하여 완성된 단편은 몇 권의 책을 만들어도 될 정도로 쌓였다.

그럼에도 나는 단편은 늘 뒷전이었다. 그때마다 장편소설을 구상하거나 집필하고 있었기 때문이었다. 언젠간 단편을 소설집으로 묶어야지 생각만 하던 중이었다. 막연히 세월을 보내던 어느 날 몸에 덜컥 병이 왔고, 이러다 큰일 나겠다 싶었다. 서둘러 원고를 모은 나는 고명철 교수에게 평을 부탁하곤 출판사로 원고를 보냈다.

이번에 묶는 소설은 그동안 발표한 작품 중 일부로 강기희 소설의 특징을 담은 작품들로 구성했다. 나머지 작품들은 그것만으로도 소설집 두어 권은 더 내겠다 싶지만 이미 지면에 나왔던 작품들이라 아쉽지만 따로 묶지는 않기로 했다.

처음 장편소설 집필에 들어선 게 1995년 무렵이니 세월이 제법 흘렀다. 그간 소설가로 살아오면서 상금이 있는 공모 문학상도 받고 지금껏 여러 작품을 냈으니 작가로서의 삶은 나름 괜찮았다. 그러던 중 지난 유월엔 시집도 한 권 출간했으니 소설집만 출간하면 문학인로서 할 것은 다한 셈이 된다.

2

고향 덕산기 마을에 돌아오면서 오지 산중에 숲속책방을 냈는데, 벌써 몇 해가 지났다. 책방이 이래저래 알려지면서 찾는 이들이 꾸준히 늘고 있다. 서울과 수도권은 물론이고 멀리로는 제주 부산 광주 목포 여수 울산에서부터 하동 진주 남원 당진 서산 전주 창녕 안동 대구 대전 충주 청주 제천 양산 울진 화순 춘천 원주 강릉 속초 홍천 삼척 동해 영월 평창 등의 인근 지역에서까지 책방을 찾았다.

전국에서 온 걸음들이라 고맙고 반가웠다. 도시의 책방이 하나 둘 사라지는 시절이라 더욱 그러했다. 책방이 문을 닫는 시대에 책방을 찾아 천리 길을 달려온 이들이 있어 고마웠다. 정선 여행 중 지나가다가 들르는 게 아니라 책방이 목표였기에 더 고마웠다.

그동안 책방에서 내 첫 소설을 읽었다는 독자도 우연히 만났고, 작가가 되겠다며 한 수 지도를 청하는 어린 여학생도 만났다. 칠순 할머니께서 고등학생 손자를 데리고 와선 좋은 글귀를 써달라며 사인을 청할 땐 묘한 감정이 일기도 했고, 책에 저자 사인을 하면서 나눈 이야기들은 문학 강의에 가까웠지만 다들 좋아했다.

이 마을에도 분교가 문을 닫으면서 공동체 문화가 사라졌는데, 지금은 책방이 학교가 했던 공동체 문화를 만들어내는 역할을 한다. 가수들의 콘서트나 시인 작가들의 문학 행사 등이 책방에서 열릴 때면 전국에서 모여든다. 행사 끝나고 참여한 사람들과 음식과 술을 나누다 보면 오랜 지기를 만난 듯 금방 친해지는데, 헤어질 무렵이면 다들 아쉬워 다음 행사를 기다리게 되는 건 당연한 일이었다. 문화를 나누고 만들어내는 일, 나는 이것이 작가와 책방의 역할이라고 생각하고 그렇게 믿는다.

3

산첩첩 물첩첩인 아라리의 고장 정선에, 한국의 네팔이자 대한민국 최고 오지 마을인 덕산기에 탯줄을 묻은 작가로서 내가 할 일은 거의 다 한 것 같다. 그동안 문학의 이름으로 잘 놀았고, 행복했다.

4

작가로서 살아온 한 생生이 풍요롭진 않았지만 내가 자청한 길이라 그 가난이 부끄럽진 않았다. 지금껏 지켜봐 주고 응원과 격

려를 보내준 이들이 많다. 그들이 있어 내가 살았다. 진정으로 고맙다.

2022년 7월 여름 땡볕
덕산기 숲속책방에서
강기희

강기희 소설집

양아치가 죽었다

1판 1쇄 발행 2022년 8월 12일

지은이 강기희
발행인 윤미소
발행처 (주)달아실출판사

책임편집 박제영
디자인 전형근
마케팅 배상휘
법률자문 김용진

주소 강원도 춘천시 춘천로 257, 2층
전화 033-241-7661
팩스 033-241-7662
이메일 dalasilmoongo@naver.com
출판등록 2016년 12월 30일 제494호

ISBN 979-11-91668-47-6 03810